DE REPENTE CASADA

DE REPENTE AMOR, LIVRO 1

CARMEN FALCONE

TRADUZIDO POR PATRÍCIO L. GUIMARÃES

DIRETOS AUTORAIS

Título original: *Suddenly Married*
Tradução: Patrício L. Guimarães
Revisão: Cristiane Barp
Capa: Cover Couture
Fotógrafa: Lindee Robinson
Modelos: Kailey e Dimi

SINOPSE

Kira Jones está determinada a começar uma nova vida na Big Apple. A missão? Cuidar de um milionário gostoso, francês e *bad boy*, e ficar de olho nele em troca de dinheiro o suficiente para abrir seu próprio negócio. Fácil, certo? Porém, depois que um *paparazzo* a expõe em uma posição para lá de comprometedora com seu novo e irresistível chefe, a situação se inverte — e ela acaba concordando em se casar com ele!

Luc Beauford deseja, mais do que qualquer outra coisa na vida, destruir o império de seu pai e, finalmente, vingar a morte de seu irmão. Mas, primeiro, ele precisa repaginar a sua imagem e, também, mostrar ao seu pai que tem boas intenções. Se isto significa compactuar com essa palhaçada que o seu relações públicas inventou, que assim seja. Quando ele se casou com a adorável espiã, ele não contava com a atração obsessiva entre eles ocupando cada segundo de seu tempo... e a paixão ardente que ameaça distraí-lo de seu objetivo audacioso.

Querida Leitora,

Este é o meu primeiro romance traduzido para o português. Já publico nos Estados Unidos há mais de dez anos, e são mais de quarenta e cinco estórias disponíveis em inglês.

É uma delícia finalmente ver o meu trabalho no meu idioma natal, depois de tantos anos. Dá aquela sensação gostosa de volta às origens, sabe? Aos poucos, quero traduzir todo o meu catálogo de livros.

Se você gostar de *De Repente Casada*, por favor, não esqueça de deixar uma resenha on-line ou recomendá-lo para uma amiga leitora.

Obrigada desde já!

Abraços,

Carmen Falcone

Para Selda Falcone, a minha querida mãe.

CAPÍTULO 1

*F*açao *o que fizer, mas não durma com Luc.* O aviso do Sr. Charles Montague, o homem que a contratou para ser uma espécie de babá de marmanjo, soou nos ouvidos de Kira Jones quando ela bateu novamente na porta de bronze de uma das coberturas mais exclusivas de Nova York. As batidas reverberaram através dela, as altas portas duplas a fizeram parecer pequena. Ela respirou fundo e endireitou os ombros.

Convencer o porteiro que ela estava autorizada a entrar tinha sido uma tarefa difícil. Embora o homem provavelmente estivesse acostumado a uma série de mulheres entrando e saindo da casa de Luc Beauford na curta semana em que ele chegou da França.

Suor frio escorreu em suas palmas. Muita coisa estava acontecendo nessa missão. O Sr. Montague a recompensaria generosamente, o que significava que ela poderia ajudar Poppy a pagar pelo agiota que as ameaçava. Poppy havia sofrido um grave acidente de carro alguns meses antes e, desesperada e sem plano de saúde, pediu dinheiro emprestado para pagar sua reabilitação.

Felizmente, Poppy, sua amada prima e uma de suas colegas de quarto, estava melhor agora. Contudo, se elas não pagassem o agiota logo, elas teriam um membro ou dois quebrados – ou mutilados.

Kira alisou a mão em sua camisa. *Concentre-se na tarefa.* De acordo com as fotos que ela tinha visto online e a reputação que o precedeu, Luc era um demônio sexual em carne e osso. Ele tinha um par de olhos castanhos que pareciam sempre zombar do fotógrafo. Se os olhos podiam falar, os dele falavam em francês aveludado, para seduzir as pobres mulheres fracas o suficiente para se apaixonarem por seus perigosos encantos.

O aviso de seu pai veio à mente. Quem ele pensava que ela era? Alguma adolescente frágil e ingênua que se abanou com a proximidade de Luc? Kira bufou. Ela tinha sido aquela garota antes, mas não mais. Ela aprendeu da maneira mais difícil que homens gostosos eram problemas.

Seu telefone tocou em sua bolsa. Ela pescou para ler uma mensagem de Poppy. *Me ligue quando você puder.*

Balançando a cabeça, ela o colocou em sua bolsa novamente. Ela ligaria para Poppy assim que lidasse com Luc. Se ela ligasse para ela agora, Luc estaria atrasado para a reunião de relações públicas já agendada na Montague Corp.

Outro zumbido. Curiosamente, ela pegou o telefone novamente e olhou para a tela. Mãe. *Querida, mal posso esperar para vê-la no nosso aniversário de casamento no próximo mês. Você virá, certo?*

Kira parou em seu caminho, um nó de inquietação se formando em sua garganta. Ela acariciou a tela por um momento antes de colocá-la cuidadosamente em sua bolsa novamente. Ela amava seus pais, mas eles com certeza podiam ser ignorantes às vezes.

Como sua mãe esperava que ela participasse da comemoração de seu 50° aniversário de casamento quando sua irmã Shelby estaria presente? Seu coração pulou em uma batida. Uma irmã que havia roubado o então namorado de Kira, Andrew.

Vá trabalhar, garota. Refletir sobre tudo o que Shelby tirou de suas mãos não pagaria as contas. Uma pontada de culpa caiu sobre ela quando ela se lembrou da primeira vez que sua irmã precisou dela, quando Shelby teve leucemia aos seis anos de idade, e seus pais ficaram grávidos de Kira para que ela fosse a irmã salvadora. Embora Kira fosse um bebê quando doou o sangue do cordão umbilical para a irmã, ela carregou a etiqueta de mercadoria por toda a vida. Como quando ela teve que desistir de suas aulas de piano porque elas não combinavam com o horário da aula de dança de Shelby. Quase como se ela tivesse sido projetada para facilitar a existência de Shelby, em vez de ter a sua própria.

Uma pontada de ressentimento a apunhalou. Resistir ao passado não a levaria a lugar nenhum. Kira bateu de novo, com mais força, e desta vez o som ecoou no saguão bem equipado que levava ao elevador privativo.

Não foi por isso que ela se mudou para Nova York com suas primas? Para ficar de pé e esquecer a bagunça em casa? Ser uma mulher empoderada e ter seu próprio negócio? Ela queria mostrar à sua família que ela poderia fazer isso, mas acima de tudo, ela queria mostrar a si mesma.

Kira tirou a chave do bolso e a girou na maçaneta da porta. Por que ele não atendeu suas ligações ou mensagens? Isso teria tornado as coisas muito mais fáceis.

Não só ela iria conhecer Luc pessoalmente pela primeira vez, ela teria que lhe trazer más notícias sobre o escândalo. Ser assistente de Luc durante sua transição para a vida nos Estados Unidos definitivamente significava que ela iria tomar conta de um bilionário de 34 anos malcomportado.

Bem, ela não teria nenhum problema em lidar com o homem, desde que seu pai cumprisse sua parte no trato. Se ela se destacasse em sua posição, receberia um bônus considerável e garantiria uma posição permanente na Montague Corp. Chega de empregos temporários não confiáveis. Ela seria capaz de pagar pelo menos uma parte do dinheiro que Poppy devia e tirar aquele idiota de suas costas – ou ao menos deixá-lo feliz até que Kira recebesse o resto do dinheiro para pagar o valor restante e se livrar dele. Para todo sempre. Então ela começaria a economizar para abrir uma agência de trabalho temporário um dia.

Andrew lamentaria tê-la trocado por sua irmã — bônus duplo.

Balançando a cabeça, ela olhou para a enorme sala de estar cheia de sofás de couro, prateleiras e peças de arte que provavelmente custam três vezes mais do que seu salário anual. A vista majestosa do Empire State Building quase a seduziu e a fez abrir as portas francesas que davam para a sacada.

"Luc Beauford?", ela chamou. Ela respirou fundo. "Sou Kira Jones, sua nova assistente".

Ela ponderou, olhando para o conjunto curvilíneo de escadas. *Droga*. Entrar assim não era o estilo dela, mas ela tinha um trabalho a fazer. Ela correu até o lance de escadas e quando ela chegou ao segundo andar, ela alisou as mãos sobre a saia. Ela deveria ter usado uma saia lápis, mas preferiu um look mais solto, optando pela blusa bege e saia longa preta. Sua irmã riria de sua escolha, que neste caso era uma vantagem. Não que um homem como ele a achasse atraente a qualquer hora do dia.

A única porta aberta era a do final de um corredor. Ela chamou o nome dele novamente, mais alto, e caminhou até aquele cômodo, batendo seus sapatos sensatos no piso de madeira polida. Seu telefone tocou novamente, mas desta vez, ela não se atreveu a olhar.

Kira entrou no grande espaço, fazendo um rápido inventário das paredes cinza-escuras e detalhes prateados. Quando seu olhar encontrou a enorme cama de dossel, sua respiração ficou presa na garganta e ela piscou várias vezes. Porém, piscar após piscar, a imagem na frente dela permaneceu a mesma.

Luc dormia na cama com um lençol cobrindo as pernas e nada mais. Nu. Ela engoliu em seco.

Era ele, certo? Ela reconheceu o cabelo preto fluindo sobre seu rosto, cobrindo-o. Seu olhar deslizou para baixo e se deleitou nas costas lisas e bronzeadas. Alguns músculos se moveram enquanto ele respirava com regularidade, e ela continuou sua exploração visual, desta vez admirando sua bunda lisa.

Uau. Quadris estreitos perfeitos que poderiam ter sido esculpidos por Rodin ou outro artista lendário de seu país natal. Eles eram carnudos e ela se atreve a dizer – arrebitados?

Ela se inclinou para mais perto e deu um tapinha no ombro dele. "Senhor. Beauford. Acorde".

Ele respondeu com um resmungo, seguido de virar a cabeça para o outro lado. Ela se ajoelhou ao lado da cama e pressionou os dedos nas costas dele.

"Luc Beauford. Sou Kira Jones, sua nova assistente. Eu tenho notícias". *Algumas notícias.* Ela soprou sua franja. *Más notícias.*

Silêncio.

Realmente, o que seria necessário para acordar esse homem? Talvez um balde de água fria. Kira coçou o queixo, seu olhar se banqueteando em seu traseiro mais uma vez. *Eu preciso de um pouco de água fria também.*

Não que Luc não tivesse um rosto sexy e bonito. Dito isso, ela preferia fantasiar sobre um homem que tivesse mais moral e um estilo de vida menos mulherengo. Kira suspirou. *Deus. Não admira que eu nunca namore.*

Quando ele mudou o rosto para o outro lado, seu lençol super macio deve ter descido

um pouco. De repente, sua garganta estava seca e áspera. A área entre suas pernas, porém, ficou molhada. Seu clitóris latejava, com o tipo de pressa e urgência que ela não experimentava desde... bem, desde que assistiu ao último filme de Chris Hemsworth.

Kira lambeu os lábios. Ela ficou de pé, então se sentou na cama, tocou seu ombro nu, e desta vez uma necessidade frenética disparou por seu braço. Absurdo. Ela o embalou, chamando seu nome e ganhou mais alguns gemidos incompreensíveis dele.

Kira estendeu as duas mãos nas costas dele e bateu algumas vezes. Ela o queria acordado, mas não com raiva dela. Se isso não funcionasse, ela borrifaria um pouco de água no rosto dele. Esse tinha sido seu truque quando criança, para treinar seu querido cachorrinho cocker spaniel para não fazer xixi nos móveis. A tristeza encheu seu peito. O treinamento foi bem-sucedido, mas infelizmente Shelby era alérgica a pelos de animais e eles tiveram que desistir do cachorro de Kira depois de alguns meses. Kira estava com o coração partido – ela pensou que nunca ficaria tão triste novamente até que sua irmã roubasse seu namorado também.

Ela acrescentou um pouco de pressão e chamou seu nome novamente. Ela se viu encostada nele e sussurrou em seu ouvido: "Sou Kira. Eu estou aqui para...".

Para sua surpresa, ele a virou de costas, e ela se engasgou. Espremida entre o colchão e seu corpo tenso, Kira pressionou as mãos no peito dele para afastá-lo. No momento em que ela espalmou seu peito largo e musculoso, seu corpo a traiu e, em vez de empurrá-lo, ela não se moveu. O homem era... uma árvore humana. Forte, avassalador e duro. Muito duro.

Com os olhos ainda semicerrados, ele sussurrou algumas coisas em francês no ouvido dela. *Merda.* Ela imaginou que eram a promessa de um amante, coisas sujas que ele faria com ela mais tarde. Seus mamilos endureceram descaradamente com o pensamento, e um gemido voou de seus lábios.

Isso estava indo muito diferente do planejado. Uma ereção cutucou sua barriga. Duro? Talvez fosse sua perna. Certamente não poderia ser o...

Ele riu ao lado de sua bochecha, como se sentisse seu enigma, e se posicionou exatamente entre suas pernas, respondendo sua pergunta silenciosa.

O suor escorria em sua testa. Ela deveria ter usado a saia lápis. A saia solta era mais um elemento infeliz que a ligava tão intimamente a ele. Perigosamente perto.

Ela respirou fundo e sentiu o cheiro de sua colônia viril. Notas de bambu, sândalo e couro provocaram seus sentidos, tão deliciosos que ela estava a um minuto de desmaiar de uma excitação que ela nem sabia que existia.

"Luc...", ela o chamou, desejando que sua voz tivesse sido mais composta e menos como aqueles viciados em sexo dos programas de TV tarde da noite.

Um homem estragou a vida dela uma vez. Isso foi o suficiente. Por que reviver o pesadelo? Se ela deixasse Luc fazer o que queria com ela, ela não teria vantagem em seu relacionamento profissional. Inferno, não haveria um relacionamento profissional para salvar. Ela provavelmente perderia o emprego. O Sr. Montague iria demiti-la. O agiota expulsaria ela e suas duas primas da cidade, possivelmente com as pernas quebradas — se não pior. Sua tentativa de vida na cidade grande estaria terminada. Ela seria um fracasso. Ela teria que voltar para o Texas com o rabo entre as pernas para enfrentar Shelby namorando seu ex. Ela tinha sido um fracasso como filha e namorada – e agora como mulher.

Ela ergueu a mão e, sem demora, deu um tapa no rosto dele e o empurrou para o lado.

Luc esfregou os olhos e, desta vez, ele estava definitivamente acordado. Ele se apoiou nos cotovelos e olhou para ela, piscando algumas vezes enquanto ajustava seu campo de visão.

Ela aproveitou a oportunidade e fugiu da cama dele. Uma vez de pé, ela se recompôs e alisou a mão sobre suas roupas. "Luc Beauford, estou aqui para ajudá-lo", disse ela, determinada a terminar o que começou.

Luc esfregou a testa. Sua bochecha formigava com o tapa dela, e outras partes dele pulsavam por razões muito diferentes.

Quando essa mulher o acordou, ele imaginou que ela era a morena atrevida da noite anterior. Ele deveria ter verificado, mas por que mais ela rolaria com ele na cama, seu corpo tão quente, suas mãos tão dispostas? "Ajuda?", ele disse em inglês. "Você costuma rastejar para as camas dos homens e depois dar um tapa neles? Essa é a extensão da sua 'ajuda'?". Uma emoção de excitação rolou em seu estômago. A maioria das mulheres que ele conheceu se esforçou para seduzi-lo ou impressioná-lo. Esta... não parecia se importar.

Ela balançou a cabeça, e as pontas de seu cabelo castanho na altura dos ombros balançaram. Uma coceira para enfiar a mão em sua juba sensual queimou as pontas de seus dedos. Luc se retirou e estudou seu rosto. Ela certamente poderia usar um pouco de sol, mas a estranha tinha muito a seu favor além do cabelo sedoso. Seus olhos castanhos amendoados o seduziram. Se ao menos seus lábios beijáveis convidassem os dele em vez de fazer beicinho para ele.

"Eu não rastejei em sua cama", disse ela uniformemente. "Eu estava tentando te acordar. Conheci um ou dois ursos que dormiam mais leves que você".

Um urso? Ele se pegou sorrindo. "Você também os esbofeteou?".

Ela arrumou os óculos. "Eu não precisava, mas francamente eu teria se eles tivessem me assediado do jeito que você acabou de fazer".

Ele bufou. "Molestar? Eu estava nu e você me tocou. Se alguma coisa, *ma américaine*, você me assediou. Aproveitou-se de um homem inocente e inconsciente para fazer o que quiser", disse ele, pronunciando lentamente as últimas palavras. Imagens de seu corpo, nu em sua cama e pronto para ele fazer o que ele queria desenrolado em sua mente.

Uma onda de vermelho manchou suas bochechas, mas ela balançou a cabeça e ergueu o queixo. "Se eu quisesse tirar vantagem de você, por que eu teria parado?".

Ele bateu na área vazia no colchão ao lado dele. "Isso, *ma chérie*, é um erro que pode ser facilmente remediado".

"Estou fora". Ela levantou a mão em desacordo. "Prefiro tomar banho com cobras venenosas. Estou aqui porque seu pai me contratou para ajudá-lo na transição para seu novo estilo de vida americano".

Pai. Luc bufou. Até um mês antes, ele não tinha ideia sobre a identidade de seu pai biológico, muito menos que era o lendário Charles Montague. Por que ele iria querer algo com o homem que deixou sua mãe sozinha com dois filhos pequenos e fugiu da França para se casar com uma rica herdeira americana?

Naquele fim de semana, ele foi embora, sua pobre mãe ficou tão abalada que esqueceu que o fogão a gás estava ligado, o que levou a uma explosão que tirou a vida de Marcel. A morte foi considerada um acidente, mas Luc nunca esqueceu a dor que seu pai havia causado. Sua mãe nunca mais foi a mesma depois. E ele se tornou o chefe de uma família na tenra idade de seis anos. Quando chegou aos dez anos, ele se tornou um especialista em colocar a mãe na cama, preparar o café da manhã para ela e economizar para comprar um segundo par de sapatos para ir à escola – depois de muito bullying das outras crianças.

Mas, finalmente, ele se vingaria. Montague havia arrancado sua família dele, e Luc mal podia esperar por sua chance de tirar de Charles a única coisa que importava – dinheiro, ou neste caso, uma gigantesca fusão de uma empresa aérea. Charles o convidou para conhecer sua corporação e trabalhar para ele no departamento de tecnologia, e ele usaria isso a seu favor, ganhando sua confiança e buscando a oportunidade perfeita para arruinar o negócio que seu pai desejou a vida toda. "Já tenho uma assistente", disse ele, lembrando-se da confiável Sabine, que trabalhou com ele por quatro anos em sua empresa de engenharia de software e desenvolvimento de tecnologia. Um negócio multimilionário que ele deixou nas mãos capazes de seu vice-presidente por alguns meses.

"Ela voou de volta ontem à noite. Ela está tirando uma licença por três meses enquanto eu trabalho com você".

Claro. Seu pai tinha providenciado para que seu filho tivesse um espião por perto para relatar todos os seus movimentos e não o envergonhar. "Eu não preciso de uma babá". Embora, se ela quisesse colocá-lo na cama, ele certamente não se oporia.

Ela o encarou, sem graça. "Bom, pois eu não sou uma".

"Então por que você está aqui me acordando no meu quarto?".

"Porque você não retornou minhas ligações ontem à noite. E eu precisava me apresentar. Então, eu acordo e há um escândalo. Você dormiu com a namorada da América e ela é casada".

Ele esfregou os olhos, esperando que as palavras dela fossem absorvidas. Desde que ele parou de beber, ele usou o sexo como uma segunda maneira de lidar com suas perdas. A imagem da loira curvilínea com quem ele se deitou alguns dias antes se formou em sua mão. Ele a conheceu em uma festa. "Júlia?".

"Sim".

"Ela nunca me contou nada sobre um marido", disse ele honestamente. Ele nunca se envolveria conscientemente com uma mulher casada. Como ele saberia? Ele não lia revistas de fofocas, e Júlia não mencionou esse detalhe enquanto ele bombeava dentro nela.

"Certo. Tenho certeza de que você é a vítima desprotegida aqui. No entanto, não é assim que os blogs e sites de celebridades fazem você parecer. Sua chegada aqui foi antecipada. Você é um *self-made man*, que agora também é o único herdeiro de um dos franceses mais ricos, um homem que investe pesadamente neste país há décadas. Um homem com uma reputação impecável".

Luc suprimiu uma risada irônica. A reputação de seu pai era imaculada apenas porque a maioria das pessoas não via a verdade através de sua fachada – e aqueles que a viam, não se importavam. "Como assim?".

"Você é o filho perdido há muito tempo. Portanto, sua chegada aqui é um babado mais forte do que quando Meghan e Harry se mudaram para Los Angeles".

Ele se inclinou contra o parapeito da janela, os braços cruzados. "E qual é o seu papel?", ele perguntou por perguntar porque ele sabia muito bem qual era o papel dela. Como filho bastardo de um homem importante, ele não era confiável.

Se Jake Brink, o ambicioso jornalista que publicou um artigo sobre Charles Montague, não tivesse cavado fundo e descoberto Luc – e vendido a informação para a mídia antes que Charles pudesse enterrá-la –, Luc duvidava que Charles o reconhecesse como seu e lhe desse acesso ao mundo dele.

Claro que Charles disse à mídia que ouviu que Luc morreu no incêndio junto com seu irmão. Uma mentira descarada.

"Bem, eu vou ajudá-lo a se ajustar a essa cultura. Por exemplo, se você me dissesse que estava namorando uma famosa atriz casada que tem dois filhos e é amada por todo o país, eu teria dito não. Eu teria dito 'má ideia'".

Ele coçou o queixo. "Então você é como uma mãe".

Ela revirou os olhos. "Eu não serei sua mãe".

"Claro que não. Minha mãe era adorável", disse ele. *Ela é adorável.* Por que ele pensava nela como se ela tivesse ido embora? *Porque de certa forma, ela foi embora. Eu simplesmente não posso deixar de tentar resolver essa situação.* Se ele perdesse sua mãe sem atingir seu objetivo, ele não teria mais nada. Ela pode não saber, mas ele saberia.

Ele não foi capaz de proteger seu irmãozinho da morte. Ele não foi capaz de manter sua mãe livre da doença. Todavia, maldição se ele não seria capaz de se vingar do homem que trouxe tanta tragédia para sua vida.

Ela andou em círculo algumas vezes, as mãos cravadas na cintura. Era uma pena que ela fosse os ouvidos e os olhos de seu pai, porque senão ele adoraria conhecer melhor essa mulher. Durante sua breve interação, ele se pegou sorrindo para as coisas que ela disse algumas vezes.

Ela parou e se espreguiçou em toda a sua altura. Um sorriso falso se formou em seus lábios – ele poderia dizer que era falso porque seus lábios tremeram, como se ela forçasse a ficar sob uma luz positiva. "Ouça, começamos com o pé esquerdo. Eu sou Kira Jones e estou aqui para trabalhar com você. Não contra você". Ela estendeu a mão.

Ele olhou para ela antes de apagar a distância entre eles e apertar sua mão. O contato enviou um arrepio quente em seu braço, a consciência correndo por suas veias de forma crua.

"Estou ansioso para trabalhar com você, Kira Jones", disse ele, e deveria ter terminado o aperto. Em vez disso, ele olhou profundamente em seus olhos, as manchas douradas puxando-o para perto. Ele baixou a cabeça, sem qualquer intenção de beijá-la, mas incapaz de parar de olhar para ela. Ela separou os lábios e, por um momento, pareceu deleitar-se com sua trégua silenciosa, uma trégua que ele sabia que nunca existiria.

Alguém que trabalhava para seu pai representava seu inimigo.

De repente, ela afastou a mão e recuou até que eles tivessem uma distância segura entre eles. "Bom...", ela disse, sua voz firme. "Você dormir com aquela mulher não ajuda a sua imagem. Eu entendo que você viveu uma vida despreocupada até agora, no departamento de relacionamentos. Você precisa ser mais discreto. Teremos uma reunião com uma pessoa de relações públicas hoje e encontraremos a melhor maneira de enterrar essa história rapidamente. Mas, para que isso aconteça, precisamos estar na mesma página. Posso contar contigo?".

"Completamente. Eu não estaria aqui se o futuro da empresa não significasse tanto para mim quanto para meu pai", disse ele, conseguindo manter o sarcasmo longe de sua voz.

CAPÍTULO 2

"Depois de você", disse Luc, abrindo a porta da limusine.

Kira deslizou para dentro e ele a seguiu. Ela esperava que ele se sentasse à sua frente no espaçoso veículo, mas ele deslizou ao lado dela. Ela sentiu o cheiro de sua colônia masculina e cara, mais uma vez apreciando as notas de madeira escura e bambu, com um toque de couro. Limpando a garganta, ela se afastou dele, colocando tanto espaço entre eles quanto podia sem abrir a porta e sair.

"Problema?", ele perguntou, fechando a divisória.

O carro começou a se mover.

"Você está muito perto de mim. Não é necessário. Sempre que você interagir com seus colegas no trabalho, especialmente mulheres, não fique muito próximo deles. Seja sempre profissional e adequado. Não há nada de errado com uma boa zona de amortecimento", ela disse, então acrescentou um sorriso para que ela não soasse tão condescendente.

Suas sobrancelhas se estreitaram. "Zona tampão?".

"Sim. Eu serei sua cobaia. A partir de agora, podemos conversar e interagir à distância de um braço". Ou dois braços. Ou talvez com uma venda nos olhos para que ela não tivesse que olhar para ele e se distrair com sua masculinidade. *Inferno.*

Ele imediatamente foi para o assento em frente a ela. "Assim?", ele perguntou.

Ela respirou fundo. Ele estava zombando dela? Olhar para ele era na verdade mais perigoso do que inalar seu cheiro. O homem estava loucamente sexy no terno preto com camisa cinza listrada. O primeiro botão estava aberto, e ela adivinhou que era parte da gola. Ele não precisava usar gravata, embora certamente fosse uma boa maneira de esconder seu pescoço grosso e bronzeado.

Talvez ele sentisse que sua beleza a deixava desconfortável, pois ele lhe deu um sorriso que poderia derreter montanhas de gelo.

"Por que você está sorrindo?", ela perguntou, então um segundo depois, repreendeu-se por isso.

"Porque seu papel agora faz todo o sentido. Você é como uma acompanhante agradável com bons conselhos".

Quem estava sendo condescendente agora? Suas palavras doeram mais do que deveriam, mas ela limpou a garganta novamente, inflexível em não demonstrar. Desde a infância, ela sempre foi a garota Jones chata e sensata. Shelby havia reunido toda a atenção, primeiro por causa de sua doença e depois de vencer o câncer, por causa de sua personalidade extrovertida. Seu coração encolheu ao tamanho de uma pérola. Ela veio do Texas para se tornar sua própria pessoa, mas talvez ela não pudesse fugir de quão desinteressante ela era. Até estranhos perceberam — Richard, o relações-públicas —, tinha, e agora, Luc. *Mas de alguma forma dói mais quando Luc diz isso.* "Sim. Essa é uma boa maneira de olhar para isso", disse ela, orgulhosa de seu tom uniforme.

"Eu tenho que avisá-lo, eu não sou bom em seguir conselhos".

Sem brincadeiras. Ela forçou um sorriso. "Está bem. Vou considerá-lo um desafio".

"Eu penso em você da mesma maneira", disse ele, jogando suas palavras de volta para ela. Ele não disse mais nada, mas lançou um olhar perigoso em sua direção... cheio de diversão e desafio. Como pequenas tochas acesas nas profundezas de seus olhos, seu olhar aquecendo sua pele. "Então me conte mais sobre você. Você trabalha para a Montague Corp. faz muito tempo?".

"Não. Fui contratada como funcionaria temporária até que seu pai me presenteou com essa oportunidade maravilhosa". Uma oportunidade única na vida que ela teve que agarrar com as duas mãos. De que outra forma ela encontraria uma maneira de ajudar Poppy para que ela pudesse ter uma ficha limpa financeiramente e, também, começar a economizar para abrir seu próprio negócio um dia?

"Ah. Muito interessante", ele disse e olhou para ela como se pudesse ler seus segredos mais profundos.

Uma onda de calor se espalhou por suas bochechas e pescoço, e ela nem sabia por quê. Ela se mexeu na poltrona, desejando que seu corpo cooperasse com seu cérebro. Ela odiava que sua temperatura interna subisse quando ele olhava para ela, ou falava com ela, ou...

"Algum namorado?".

Não desde que meu último namorado me deixou pela minha irmã. Ela estremeceu, a imagem de encontrar Andrew e Shelby nus em sua cama ainda fresca em sua mente. "Este não é o tipo de pergunta que você deveria fazer a alguém que está trabalhando para você, Sr. Beauford", disse ela, endireitando os ombros. "É inapropriado".

Ele sorriu. "Vou tomar isso como um não".

"Você não é um bom ouvinte, é?".

"Ah, é aí que você está errada, Kira... eu escuto além das palavras. Eu presto atenção em todo o resto. Para a linguagem corporal e o que ela me diz".

Ela engoliu. Duro. Parte dela se perguntou se ele estava apenas brincando com ela, testando-a sobre o quanto ela seria exigente. Como ela seria dura com ele. Mas, a outra parte... arrepios de apreensão percorreram sua espinha. Ela não temia que ele descrevesse como ele percebia sua linguagem corporal no que lhe dizia respeito, ela temia que ele estivesse certo.

Sua garganta estava apertada e seca, e ela empurrou para baixo o nó de apreensão. "Bem, então, se essa coisa de herdeiro de um império não funcionar para você, você deveria trabalhar como um leitor de mentes", ela disse em uma voz calma.

"Prefiro usar meus talentos para minha própria vantagem".

Usar seus talentos o colocou nessa confusão. Ela mordeu a ponta da língua para não derramar as palavras. Ela cruzou as pernas e olhou pela janela enquanto a limusine dirigia pelas ruas de Manhattan. Ela aprenderia a lidar com esse homem indomável na frente dela, afinal, o futuro de Poppy e o dela dependiam disso.

***

"Entre, por favor", disse Richard Walker, o consultor de relações públicas que havia enviado uma mensagem para ela mais cedo. "Tão bom conhecer vocês dois pessoalmente".

Entraram na grande sala de conferências. Uma bela mesa oval estava no meio, cercada por enormes cadeiras de couro. Alguém poderia se distrair com as janelas de vidro do chão ao teto mostrando uma infinidade de edifícios elegantes e ruas movimentadas, mas Kira cumprimentou Richard com um sorriso e entrou ao lado de Luc.

Ela não esperava que seu pai, Charles, se juntasse a eles para esta reunião, mas o charmoso homem mais velho, sempre impecavelmente vestido com um terno de grife, estava sentado na ponta da mesa. Uma carranca invadiu sua testa, sua expressão preocupada.

Richard fechou as pesadas portas atrás deles e lançou-lhes um sorriso nervoso.

Não era para ser um encontro apenas com Richard? O que Charles estava fazendo ali, taciturno? O estômago de Kira afundou e ela se sentou na cadeira com menos delicadeza do que gostaria. Uma sensação de pavor rodou dentro dela. Uma simples reunião não exigia a presença de Charles. Mas, o olhar no rosto do homem encantador disse a ela que este encontro não seria nada simples.

Luc se sentou em frente a ela, mal trocando mais do que algumas palavras com seu pai.

Ela tinha feito algo errado? Ela seria demitida da missão que acabara de começar? Ela balançou a cabeça.

Um assistente masculino entrou, carregando uma jarra de água de cristal chique, e encheu seus copos com eficiência. A tensão estalou no ar. Seu coração batia em staccato, e seu foco disparou de Richard, que se atrapalhou com um controle remoto de alta tecnologia e desligou as luzes, para Charles, que permaneceu estoico. O assistente assentiu e saiu do escritório, fechando a porta atrás de si.

Ela queria olhar para Luc, mas se manteve forte. Ela sentiu seu olhar sobre ela, estudando-a, e pequenos arrepios subiram em seus braços. Droga. Ela tinha que fazer alguma coisa, qualquer coisa para dissipar essa tensão sexual aumentada. "Richard, mal posso esperar para ouvir o que você tem a dizer".

Ele provavelmente mostraria fotos de Luc beijando Julia Marr, uma atriz famosa que por acaso era casada. E então explicaria que Luc não deveria estar envolvido nesse tipo de escândalo, não quando ele estava de olho nele. Seu comportamento pode ser ruim para a Montague Corp., bem como para a reputação que Charles construiu durante muitos anos nos Estados Unidos e no exterior. A Montague Corp. era uma empresa de transporte quase tão grande quanto a FedEx, e isso significava alguma coisa.

"Você pode se arrepender disso", disse Richard, em seguida, clicou em um botão e antolhos elegantes caíram do teto, bloqueando qualquer brilho inconveniente do lado de fora.

Na escuridão, a sala de conferências a fez se sentir menos vulnerável à insistente e silenciosa atenção de Luc sobre ela. Ela deslocou a cadeira e focou seu olhar na tela, apenas para descobrir...

Ela.

Nos braços de Luc.

Seu sangue congelou em suas veias.

Incapaz de ficar parada, ela se levantou e apagou a distância entre ela e a tela. Talvez sua visão tenha se deteriorado da noite para o dia — embora aos 25 anos fosse um exagero, certo?

Seus nervos pularam dentro dela. Não havia como negar. Nas fotos lado a lado de algum site de fofocas, a maneira como ela o cobria com seu corpo e a expressão de luxúria em seu rosto, lembrando-a de algum pôster de filme da velha escola, a incriminava, embora ela não tivesse feito nada de errado. E certamente nada inapropriado. Porém, nada poderia apagar as falsas conclusões das pessoas.

"O que está acontecendo?", ela disse, sua garganta seca. "Isso é uma piada?".

Ela leu a manchete no topo das fotos. *Vinte e quatro horas cheias para o playboy francês.*

"Antes fosse", Charles murmurou, olhando para o teto.

"Como eles conseguiram essas fotos?".

"Um paparazzo estava no prédio em frente a você. Conseguiu entrar em uma cobertura que estava sendo reformada, enquanto tentava tirar fotos de uma estrela pop que mora no andar abaixo do de Luc. Uma vez que ele acidentalmente encontrou você e Luc, bem, ele aproveitou a oportunidade".

Ela não precisava ver seu reflexo para sentir a cor se esvaindo de seu rosto. Todo esse trabalho e ela se tornou conhecida como o seu último caso? Uma sensação de mal-estar encheu seu estômago e ela sentiu um gosto de ácido. "Não é o que parece. Você tem que acreditar em mim", ela disse, olhando para Charles. "Luc, por favor, explique a ele o que aconteceu...".

"Eu poderia, mas faria alguma diferença, *ma chère*?", ele disse de uma forma blasé, apontando para a tela.

"Não", disse Richard. "Estamos em uma situação complicada. Fui contratado para revisar as más escolhas do Sr. Luc Beauford em dormir com uma mulher casada. No entanto, agora temos outro escândalo em nossas mãos – ele dormiu com a sua assistente".

Ela balançou a cabeça violentamente. "Ninguém me conhece. Além disso, hoje é meu primeiro dia como assistente dele e...".

"Eles já sabem que você trabalha para a empresa. Paparazzi subornam porteiros por esse tipo de informação o tempo todo". Richard acenou para ela. "E isso não é tudo – ontem à noite outra mulher foi vista em sua cobertura. Muito provavelmente o porteiro está dando gorjeta para eles desde a chegada de Luc".

Charles esfregou a testa.

"A outra mulher?", Kira repetiu, piscando. Uma onda de ciúme a invadiu, seguida por uma nova de constrangimento. Ela nem conhecia o cara — nem gostava dele. No entanto, mesmo em nível platônico, ela já estava sendo traída por ele. Que sorte era essa que ela tinha?

"Isso foi antes de você, Kira", disse Luc do outro lado da mesa.

Ela detectou um traço de fria ironia em sua voz e desejou poder atirar um objeto pontiagudo nele. No entanto, muito disso foi culpa dela - ela entrou no quarto dele e, por um momento, se entregou. Ela esqueceu seu papel e pagou o preço – como quando ela concordou espontaneamente em um encontro às cegas que Shelby a arranjou quando adolescente, apenas para descobrir que sua irmã havia escolhido o garoto mais socialmente desajeitado da escola, para vê-los juntos como uma brincadeira, ou como Shelby colocou divertidamente, um experimento social.

Richard tossiu discretamente. "Temos recebido ligações. Alguns parceiros de negócios desistiram dos contratos, dizendo que já estão cansados das conquistas sexuais desencadeadas de Luc. Eles certamente não nos fazem parecer bons parceiros atuais ou futuros".

Ela sabia o que Richard queria dizer. A fusão com a empresa aérea – ainda em segredo, mas as pessoas estavam conversando. Charles havia se esquivado de perguntas sobre o assunto, mas fofocas de bebedouro raramente a levavam a erro. Talvez tenha sido por isso que ele compareceu a esta reunião, para ter certeza de que seu filho rebelde entenderia a mensagem. Uma intervenção moderna para o homem moderno autoindulgente.

"Não, não tem", disse Charles, seu sotaque francês muito sutil depois de décadas morando nos Estados Unidos. A rica herdeira com quem se casou e falecida um ano antes, era americana e investiu em sua visão. "É por isso que precisamos agir antes que seja tarde demais".

Richard acendeu as luzes e ela se sentiu exposta, embora a imagem na tela tenha desaparecido. "Eu encontrei a solução perfeita para esta série de eventos... Luc e Kira, vocês devem se casar".

Casado. Luc teria se recostado na cadeira, se não tivesse se divertido ao ver a adorável assistente lutando para manter a compostura. Divertido e excitado, mas ele teve que esquecer o último.

Ou talvez não. Ele endireitou os ombros e olhou para ela. Ela pressionou as palmas das mãos contra o topo da cadeira vazia atrás dela.

Ela estava dentro desse esquema de casamento falso com o pai dele? Ela era tão boa atriz? Ele enfiou a mão dentro de sua jaqueta e tirou sua caneta Montblanc. Ele a enrolou nos dedos, um velho hábito sempre que estava pensando. E agora, ele tinha que pensar. Bastante.

"Conte mais, Richard", Charles disse.

Richard tocou na gravata, como se quisesse ter certeza de que não precisava ser ajeitada e fez um gesto com a mão. "Vou pedir à nossa equipe jurídica para fazer um contrato. Que tal um ano? Deve ser a quantidade certa de tempo para você cuidar de seus negócios e para Luc se ajustar totalmente à vida aqui".

"Você não está falando sério", disse Kira.

"É uma ideia razoável", disse Luc. Ele olhou para seu pai, cuja expressão suavizou um pouco. Talvez o velho tivesse dito a Richard para ser o intermediário nessa farsa, mas por enquanto, fingir que concordava era o plano. Que tipo de pai propõe que seu filho se case com uma estranha por causa de seus negócios? O mesmo tipo que abandonou seus dois filhos pequenos para se casar com uma mulher de família rica e ir ganhar dinheiro no exterior. A raiva atravessou seu peito. O pobre Marcel não conseguiu ver o dia em que seu pai traidor perderia algo significativo por ele. Porém, a ausência de Marcel apenas alimentou o fogo que queimava no coração de Luc.

"Razoável?", Kira lançou-lhe um olhar repreensivo. "Você não seria capaz de se controlar, iria tocar o terror e dormiria com a cidade inteira. Isso só tornaria um escândalo maior, e eu, o alvo da piada".

Richard levantou a mão. "Não. Teremos cláusulas para isso. Se ele trapacear, terá que pagar uma grande multa, que doaremos para a instituição de caridade de sua escolha".

"Por que eu?", perguntou Kira.

"Porque você é a última mulher com quem ele foi visto. Você é pé no chão e não parece uma dondoca mimada", disse Richard, depois fez uma pausa e balançou as mãos para o *grand finale*. "Você parece... relacionável e comum".

Relacionável, talvez. Comum? Ele tinha que discordar. Luc detectou a maneira como ela mudou seu peso de um pé para outro, claramente descontente com os maus qualificadores.

"Obrigada", ela disse secamente. "Eu escuto isso o tempo todo".

"As pessoas podem realmente se apaixonar por você, Kira. E o casamento fará com que Luc pareça mais estável e menos problemático", continuou Charles. "Eu vou te dar uma quantia decente de dinheiro. Isso pode mudar sua vida".

Claro. O dinheiro governava o mundo, e seu pai sabia disso melhor do que ninguém.

Memórias perfuraram sua alma, e ele sentiu a raiva rastejando sob sua pele. Sua mãe estava em um estado de dormência e depressão sombria depois que seu pai a deixou. Então, o mesmo padrão seguiu após a morte de Marcel. De alguma forma, Luc se acostumou com aquela falta de felicidade, com a economia dos sorrisos, o tipo de silêncio que o sacudia por dentro. *Mantenha a calma.* Imediatamente, ele se levantou, falando com voz de comando: "Eu preciso de um momento a sós com ela".

"Mas ainda não terminei esta reunião, com todo o respeito", disse Richard.

Luc removeu um pedaço invisível de fiapos de seu terno e lançou a Richard um olhar silenciosamente ameaçador.

Richard assentiu. "Ok, eu vou dar a vocês dez minutos. Seja rápido, tenho muitos sites pedindo comentários", disse ele antes de sair correndo.

Luc encarou seu pai. O homem que ele odiava. O homem que matou seu irmão e deixou para sua mãe uma casca quebrada de mulher. O homem que destruiu a parte de seu coração que ele nunca poderia recuperar. "Você também, por favor. Isso é entre mim e Kira.".

Relutantemente, Charles se levantou e deu um tapinha em seu ombro antes de sair. "É melhor você chegar a um acordo com esta moça. Pelo que sei, ela poderia nos processar por assédio", sussurrou seu pai, antes de sair e fechar a porta atrás dele.

Luc preencheu a lacuna entre eles, e cada passo que ele dava na direção de Kira amplificava o batimento cardíaco perfurando seu peito. Ele não deveria estar animado com a ideia de se casar com alguém que trabalhava para o inimigo – e que poderia estar muito perto dele para o conforto. Ela teria acesso a ele o tempo todo, e ele teria que ser mais esperto que ela a cada passo. No entanto, a ideia de tê-la perto desbloqueou algo dentro dele que ele não podia negar. Desejo em brasa, não filtrado e inabalável. "Case comigo, Kira".

"O que? Você também concorda com essa ideia maluca?".

Um casamento de verdade ele não faria, mas a ideia de um falso o seduziu. Especialmente se isso lhe desse acesso 24 horas por dia a ela. A espiã. "É uma boa, e eu não digo isso com frequência. Conquistarei a confiança dos acionistas e sócios mais conservadores da empresa, e você sairá com uma pequena fortuna".

"Eu acho que eu poderia usar o dinheiro... minha prima precisa dele", disse ela, mais para si mesma do que para ele. Então, ela olhou para ele. Ela estava realmente considerando essa ideia maluca? "Não leve a mal, mas eu não sou a sua maior fã".

"E? Você simplesmente não gosta de estar atraída por mim".

Ela balançou a cabeça, as mãos empoleiradas na cintura. "Veja, aí está você, delirante. Quero deixar claro que eu não sinto nada...".

Ele levantou a mão em sentido ao rosto dela, enganchando um dedo sob seu queixo para levantá-lo. No momento em que seus olhos encontraram os dela, uma energia eletrizante saltou entre eles e a raiva que ele experimentou momentos antes se transformou em uma emoção diferente. Mais acolhedora, mas igualmente perturbadora.

Ele delineou seus lábios exuberantes em forma de arco com os dedos. Ela estremeceu sob seu toque, a evidência que ele precisava sobre o quanto ela o queria.

Sem tirar o olhar do dela, ele abaixou a cabeça. Ele beijou sua bochecha, e um gemido baixo e sexy encheu o ar. A resposta dela só o despertou ainda mais, e ele arrastou os lábios por sua pele lisa e macia até encontrar sua boca.

No momento em que ele passou a língua pelos lábios dela, a luxúria o atingiu como um golpe. Ela abriu a boca, concedendo-lhe acesso, e ele a puxou para ele como se fosse perdê-la de outra forma. Ela rodeou a cabeça dele com as mãos, e ele intensificou o beijo, explorando sua boca, castigando-a com a língua.

Ela combinava com sua urgência, sua paixão, suavizando-se em seus braços. Gemendo, ele deslizou as mãos pelas costas dela, até que ele segurou sua bunda, trazendo-a para um encaixe pecaminoso.

Ele arrancou sua boca da dela, traçando um caminho de beijos ao longo de seu pescoço até sentir seu pulso latejando na base de sua garganta. Ela soltou outro gemido sexy, dedos correndo pelo cabelo dele e sensibilizando seu couro cabeludo.

Então, ele subiu novamente, beliscando seu pescoço, notando o rubor de sua pele, até que ele deu um pequeno beijo no canto de sua boca. Ela balançou a cabeça para frente, desorientada, pupilas dilatadas. "Quem está delirando agora?", ele sussurrou no ouvido dela.

Ela se afastou dele, arregalando os olhos, e em uma fração de segundo, muito alerta.

Ela passou os dedos pelo cabelo, arrumando-se, sua respiração ainda ofegante – e se ele fosse honesto consigo mesmo, a dele também. "Justo. Eu vejo o seu ponto".

"Então você concorda comigo, bom". Finalmente, eles estavam fazendo progresso. Fingir concordar com a ideia de seu pai lhe daria tempo para encontrar uma maneira segura de minar seu negócio com a empresa aérea. E assim, acertar seu pai onde mais ele se machucaria – no seu bolso, na carreira e reputação ao mesmo tempo.

"Eu não disse sim".

"O que você precisa para dizer sim?".

Ela esfregou as têmporas. "E-eu preciso ficar a sós".

Ele suspirou. "Ninguém nunca me mandou sair da sala de reunião antes". Que tipo de jogo ela estava jogando? Ele se inclinou mais perto, mas ela levantou a mão em negação e deu alguns passos para trás.

"Ouça, Sr. Beauford...".

"Luc".

"Luc", ela repetiu. "Eu preciso pensar. Você não pode esperar que eu tome uma decisão de mudança de vida como essa por capricho".

"Lembre-se, se você disser não, provavelmente teremos que deixá-la ir como assistente ou transferi-la para um estado diferente. Não podemos mantê-la enquanto a mídia nos segue pensando que ainda somos algo mais do que apenas patrão e empregada", disse ele.

Seus olhos se arregalaram, um brilho de pânico neles. "Isso é chantagem".

"Não, *ma chère*. Isso é simplesmente afirmar o óbvio".

Se ele a deixasse sair da sala sem uma resposta definitiva, ele pareceria fraco e, portanto, menos valioso para seu pai – o que poderia atrasar seu estabelecimento de relacionamento com o homem que ele queria destruir. "Vou te dar cinco minutos", disse ele baixinho, antes de se dirigir para a porta.

CAPÍTULO 3

inco minutos!

No instante em que ele fechou a porta atrás dele, Kira andou pela sala como uma louca em uma busca incansável por bom senso – que obviamente a havia abandonado. Como ela consideraria um acordo tão ultrajante? E como ela permitiu que ele a beijasse como se ela lhe devesse aluguel?

O calor formigou na boca de seu estômago.

Sim, ela certamente não deveria ceder à espontaneidade. Sempre. Sempre que o fazia, nunca terminava bem.

O calor subiu de seu estômago para o resto do seu corpo, se espalhando como fogo em uma névoa de pós-neblina do beijo e puro desespero da decisão que ela estava prestes a tomar.

Ela esfregou a testa, suor escorrendo por sua carne. Se ela dissesse não, eles a colocariam na rua. A transferência não era uma opção para ela – ela não tinha vindo do Texas para Nova York para se mudar, especialmente porque ela queria a experiência de trabalhar para um dos homens mais influentes do mundo. Isso por si só ajudaria sua carreira.

Se ela fosse embora, não ganharia o dinheiro ficando de olho em Luc e voltaria a ser temporária novamente. E quanto ao dinheiro que ela prometeu para ajudar Poppy? Sua prima sempre foi doce e não merecia isso.

Mas, casamento... Como ela poderia se casar com um homem como Luc Beauford? Fingir que ele não era grande coisa durante uma simples manhã com ela havia extraído cada grama de força dela. Fingir que ele não era grande coisa por um ano inteiro? Ela acabaria parecendo – e se sentindo – cerca de vinte anos mais velha.

Ela olhou para sua bolsa e caminhou para pegá-la da cadeira. Ela ligaria para suas primas e colegas de quarto, Poppy e Billie, e pediria suas opiniões. Elas sempre a ajudavam em momentos como este. Ela não podia ir até sua própria mãe porque...

Ela bateu palmas. *Oh Deus.*

Sua mãe veria as fotos dela com um homem — e o escândalo. Embora, ela pensou, se ela se casasse com ele, soaria mais como um conto de fadas instantâneo. Uma parte amarga dela se alegrou. Shelby, a filha mais velha, morreria se descobrisse que a irmã menos interessante se casaria com um homem europeu super rico e lindo.

Ela olhou para o relógio de pulso. Agora ela tinha três minutos.

Kira pegou seu telefone e passou a tela para ligar para Poppy. "Olá", ela disse. "Eu realmente preciso falar com você".

"Nós também", disse Poppy. "Você não leu os textos que enviei?".

"Tenho estado ocupada no trabalho. O que aconteceu?".

"Billie e eu chegamos em casa e encontramos nossa casa saqueada", ela disse, sua voz ficando desesperada. "Don deve ter vindo aqui e bagunçado tudo à procura de dinheiro".

Don. O agiota. Seu coração congelou. "Você está bem?".

"Por enquanto. Quero dizer, ele encontrou um caminho para o nosso apartamento. Não podemos ficar aqui. E não podemos chamar a polícia ou...".

A umidade evaporou de sua garganta. "Ou as coisas vão piorar".

"Ligue para Don e diga a ele que teremos o dinheiro para ele amanhã de manhã".

"Como assim? Você roubou um banco?".

Não. Apenas minha integridade. "Confie em mim, vai ficar tudo bem. Eu tenho que ir, mas eu ligo para você muito em breve".

Ela desligou e deslizou o telefone em sua bolsa.

O que ela precisava fazer tornou-se óbvio. Ela não podia deixar suas primas voltarem para o Texas – e ela também, provavelmente – depois de apenas sete meses na Big Apple. Todas tinham seus sonhos e objetivos, e caramba, ela garantiria que elas tivessem a oportunidade de realizá-los. Mesmo que isso significasse vender sua alma ao diabo.

Seus joelhos fraquejaram com o pensamento, mas ela desejou que funcionassem e até acrescentou um impulso à sua caminhada, ansiosa para mostrar a confiança que ela não tinha. Ela abriu a porta da sala de conferências e olhou para os três homens envolvidos em uma conversa tranquila. Eles olharam para ela, e ela levantou o queixo. *Você consegue fazer isso.* "Tudo bem. Vou me casar com ele", disse ela. "Se concordarem com minhas estipulações".

"Ainda não consigo acreditar que você está fazendo isso", disse Poppy quando Kira entrou na cozinha. "Me sinto culpada. Você não deveria ter que se casar com um estranho por minha causa".

"Não é como se fosse para sempre", disse Kira. Ela contou a verdade a suas primas porque elas eram as únicas para quem ela não podia mentir. Elas moravam com ela e a viam todos os dias. Elas não comprariam a história que ela contaria a seus pais e ao resto do mundo. O vínculo delas superou o contrato de confidencialidade. Além disso, elas não contariam a ninguém.

"Isso é verdade", disse Billie, jogando seu longo cabelo castanho-avermelhado para o lado. "Embora pelas fotos que vi online, casar-se com aquele gostoso não é exatamente um sacrifício".

Casar-se com ele talvez não. Manter as mãos longe dele era uma história diferente. Um arrepio de medo percorreu sua espinha. Quando ela pediu dinheiro suficiente para pagar o agiota e começar uma poupança para sua cobiçada agência de trabalho temporário, todos concordaram sem piscar. Contudo, quando ela pediu para Luc não a tocar intimamente quando estivessem sozinhos, ela viu o desafio ardente em seus olhos. Ele concordou, com uma cláusula própria, a menos que ela mudasse de ideia e pedisse que ele a tocasse.

Kira olhou para o relógio acima da geladeira. Richard deveria vir a qualquer momento a buscar para levá-la para comprar roupas adequadas para a futura Sra. Luc Beauford. O circo mal havia começado e ela já estava exausta.

A campainha tocou e Kira correu para a porta. Não poderia ser Richard ainda, certo? Ele provavelmente mandaria uma mensagem antes de chegar para não precisar sair do carro da empresa.

Quando ela abriu a porta, o ar foi sugado do quarto e de seus pulmões.

Luc Beauford.

Na. Sua. Porta.

Nós se formaram em seu estômago. Ela respirou fundo, tentando desesperadamente acalmar partes de seu corpo. Por que cada parte erógena dela parecia odiá-la? "Luc? Onde está Richard?", ela perguntou, fazendo um rápido inventário de quão quente ele parecia. Em vez do terno de antes, ele usava jeans e uma camisa branca de mangas compridas que se estendia ao redor de seus ombros largos e sugeria os músculos por baixo. E expôs seu bronzeado... como se tivesse acabado de chegar de férias no Caribe. Seu coração pulou em uma batida.

"Você quer dizer que teria preferido um homem baixo de meia-idade ao invés de mim? *Quelle damage*. Achei que tínhamos superado toda a pretensão", disse ele, passando por ela e entrando em seu apartamento sem o convite dela.

Fingir não era uma estratégia – era sobrevivência. "Eu nunca disse que você poderia entrar".

"Assim você me magoa", disse ele, tocando seu coração. Zombando dela. "Eu mandei uma mensagem para Richard e disse a ele que eu poderia te levar para fazer compras. Dessa forma, os paparazzi podem nos ver juntos".

"Oh".

Fez sentido. Eles se casariam em poucos dias, mas quanto mais fotos deles fossem tiradas, melhor. De qualquer forma... seu corpo grande ofuscava sua sala de estar, e ela desejou que ela soubesse que ele era o único a levá-la, pois ela teria usado algo menos casual do que jeans e uma camisa preta.

"Quem chegou?", Billie gritou da cozinha e, antes que ela respondesse, suas primas se reuniram ao redor, os olhos no magnífico macho no meio da sala de estar. "Gente, socorro".

"Billie Jane". Poppy cutucou seu cotovelo. "Onde estão suas maneiras? Prazer em conhecê-lo. Eu sou Poppy e esta é Billie,", ela disse, esticando a mão. "Primas de Kira".

"E colegas de quarto", acrescentou Billie.

Luc apertou a mão de Poppy, depois a de Billie, que olhou para ele como se ele fosse um bilhete de loteria humano. Ela nunca tinha visto sua prima sorrir tão amplamente assim, nem mesmo durante o happy hour pela metade do preço em um daqueles bares chiques em Manhattan. "Que bom que vocês são tão próximas".

"E você tem alguém próximo?", Billie perguntou. "Como um irmão ou primo?".

Luc ergueu uma sobrancelha. "Não".

"Merda", disse Billie.

"Não ligue para ela", disse Poppy. "Billie adora brincar. Ela tem uma mente suja".

Ele circulou de volta para Kira. "Eu também", ele disse casualmente, mas seus olhos lhe enviaram uma mensagem quente e promissora. "Você está pronta para ir?".

Suspirando, ela esfregou o braço, afastando os arrepios formados por sua insinuação. "Sim".

Ela foi para a área onde elas deixaram seus sapatos, e em vez das sandálias rasteiras que ela usaria se Richard a pegasse, ela escolheu os saltos vermelhos de Poppy. Sua prima não se importaria, já que elas compartilhavam roupas às vezes, e mesmo que ela colocasse seu senso de equilíbrio à prova, pelo menos ela pareceria um pouco mais alta.

"Pronta?", ele perguntou.

Ela assentiu. Esta seria a pior maratona de compras de sua vida.

Esta seria a maratona de compras mais divertida de sua vida.

Luc olhou para a mulher à sua frente na limusine. Ela estava olhando pela janela enquanto eles se dirigiam para a Madison Avenue. Ele estava certo quando disse a Richard que deveria levá-la às compras. A estratégia de seguir o plano funcionou a seu favor, mas agora ele estava no comando. "Você tem primas legais".

"Obrigada. Eu sei que elas podem ser exageradas as vezes", ela disse, tamborilando os dedos nos joelhos. "Você tem família?".

Por que ela perguntaria sobre sua família quando ela claramente foi contratada para espioná-lo e já sabia dessa informação? A frustração arranhou sua garganta, mas ele a afastou. *Colabore.* "Meu irmão morreu no incêndio. Eu só tenho minha mãe", disse ele rapidamente, sem querer acrescentar muitos detalhes. Ela pode ter perdido a memória, mas ele sabia que se ela pudesse escolher, ela não gostaria que ninguém a visse desse jeito. Especialmente, não Charles.

Afinal, a explosão abalou seu cérebro mais do que eles pensavam a princípio... e ela acabou com uma doença degenerativa do cérebro, um rápido Alzheimer.

Sua mão voou para a boca. "Isso mesmo, seu irmão. Desculpe, eu quis dizer...".

Ele acenou para ela. "Tudo bem. Devemos nos conhecer, não?".

"Certo". Ela mordeu o lábio inferior.

Ele abriu o pequeno armário embutido e tirou uma garrafa de uísque e dois copos. Um pouco de álcool a ajudaria a relaxar. Quanto mais ele soubesse sobre ela, melhor. Por exemplo, por que ela concordou com tudo isso desde o início? Era tudo sobre dinheiro para ela ou ela sentia falta de outra coisa? Ela murmurou algo sobre ajudar sua prima no escritório — isso era mentira? A ideia de mergulhar em seu mundo enviou um arrepio de antecipação através dele. "Como seus pais receberam a notícia?".

Ela suspirou. "Eu ainda não contei a eles".

"Em algum momento, você terá que fazer isso". Eles veriam fotos vazadas online – uma sessão de fotos que Richard já havia organizado.

"Eu sei". Ela brincou com o pingente de seu colar. "Vou esperar até que esteja pronta".

Ele abriu a tampa da garrafa e derramou quantidades iguais em dois copos. Então, ele se inclinou para frente e deu a ela um. Quando ela o tirou dele, seus dedos roçaram os dela e uma onda eletrizante subiu por seu braço. Quando ele se recostou em seu assento, ele ergueu o copo em um brinde silencioso. "Lembre-se, você não pode dizer a verdade a eles".

Ela levou a bebida à boca, e ele a observou, fascinado. Um segundo depois, sua pele ficou vermelha e ela se abanou. "Como posso? O contrato me mantém honesta".

"Isso vai me manter honesto também – você insistiu naquela cláusula boba de não tocar". Ele agiu como se não fosse grande coisa, pois ele sabia o que isso significava. Ao controle. Ela queria que ele implorasse por ela, e ele queria que ela implorasse por ele.

"Eu quis dizer nada – você acrescentou, a menos que eu pedisse".

Ele tomou um gole de sua bebida, e o uísque envelhecido rolou suavemente por sua garganta. "Tentando ser um cavalheiro".

Ela riu. "Pelo que eu sei de você até agora, você é o oposto de um cavalheiro".

"Não é essa a estória que estamos criando para o público? Você deveria ser a garota pé no chão que doma o bad boy em mim e me faz deixar o celibato e meus dias selvagens para trás".

Ela bateu os dedos no copo. "Acho que sempre devo ser algo ou alguém diferente do que sou...".

"O que você quer dizer?".

Ela desviou o olhar. "Nada".

Foi algo que ele disse? "Você pode ser você mesma, *ma chère,* quem quer que seja". Ele não podia deixá-la enganá-lo, no entanto. Ela foi esperta em pedir o que queria desse acordo, o que só despertou o interesse dele. Quanto ela sabia sobre seu pai?

Ele olhou para seus lindos olhos, então considerou seus lábios beijáveis, até que seu olhar se fixou em seus seios – e como eles subiam e desciam, esticando o tecido de sua camisa. Quando ele a olhou nos olhos novamente, um brilho de desejo cintilou nas profundezas de suas íris. Quer ela soubesse ou não, ela estaria implorando por seu toque – e se dependesse dele, aconteceria em breve. Muito em breve.

Ela estalou os dedos. "Olhos aqui em cima", disse ela. "Não é à toa que você se deitou com metade de Manhattan em uma semana. Você é como um touro antes do acasalamento".

Ele franziu a testa. Por que ela insistia em usar essas referências de animais? "Você já viu essas coisas acontecerem?".

Ela deu de ombros. "Eu fui criada em uma pequena cidade no Texas. Minha família tinha uma fazenda. Já vi muito".

"E eu vou te mostrar muito mais, minha futura noiva". Luxúria mexeu em sua virilha. *Você pode apostar nisso.*

***

"Tem certeza de que vai continuar com isso?", Poppy perguntou, arrumando o cabelo.

"Sim. Você sempre pode voltar atrás", Billie disse atrás dela.

Kira olhou para seu reflexo no espelho. Luc a colocou em uma suíte em um hotel chique, onde ela se prepararia para a pequena cerimônia que aconteceria em um dos salões de festas do hotel.

Retroceder era impossível. Ela usou a metade do valor que recebeu para dar a Don, o agiota, no dia anterior. Ela deveria receber o resto do dinheiro após o fim de seu casamento — e agora ela podia respirar mais facilmente porque Don estava fora de suas costas, talvez ela pudesse economizar algum dinheiro para seu próprio negócio.

Ela escolheu um vestido de noiva longo cor champanhe sem frescuras que tinha uma cintura alta e uma pequena abertura em seus tornozelos quando ela andava. Talvez o corte fosse modesto, mas o tecido era rico, sedoso e acariciava seu corpo a cada movimento que fazia.

Ela escolheu o vestido como um dos vestidos que comprou na extravagante viagem de compras em que Luc a levou dois dias antes. Naquela época, era fácil esquecê-lo. No minuto em que ela entrou no local, o porteiro veio cumprimentá-la e, certamente, por causa dele, todos os vendedores a trataram como a realeza.

Eles a conduziram a uma seção VIP especial da loja e a mantiveram ocupada, trazendo-lhe um mar de roupas, sapatos, bolsas e lingerie.

"Não, não posso", disse Kira. Ela assinou um contrato e, se não se casasse com ele, teria que pagar uma multa enorme. Dinheiro que ela não tinha agora. Dinheiro que ela nunca conseguiria economizar para ter sua independência financeira.

Além disso, em breve ela receberia mensagens de sua mãe, depois que um vizinho ou mesmo Shelby encontrassem fotos de Kira na internet com seu suposto chefe. Quão divertido seria?

Se ela cancelasse o casamento, não teria outra opção a não ser voltar para Hope Springs, Texas. Ela não podia se dar ao luxo de viver em Nova York sem um emprego – o que seria difícil de encontrar uma vez que todas as agências de trabalho temporário para as quais ela trabalhou a demitissem. Uma coisa fácil para um homem poderoso como Luc arranjar se ela não cumprisse sua parte no trato.

Além disso, ela não queria voltar para sua cidade natal como o fracasso. A garota que saiu com um sonho louco de fazer sucesso na cidade grande, apenas para acabar falida e parte de um escândalo envolvendo um homem que não ficou ao seu lado.

Uma batida na porta a assustou.

Poppy correu para abri-la, e logo Charles marchou para dentro, vestindo um terno bonito.

"Senhor Montague?", Kira assentiu.

"Posso ter uma palavra com você a sós?", ele perguntou, dando um belo sorriso para Billie e Poppy.

"Claro", disse Poppy, e empurrou Billie para fora da suíte.

Kira ficou de pé e se virou para ele. "Como posso ajudar?".

Charles examinou o quarto, e ela se perguntou se ele prestava atenção nas roupas na cama, ou na grande quantidade de produtos de beleza que Poppy havia trazido para fazer seu milagre nela. "Serei direto. Você se casar com meu filho não era o plano, mas estou feliz que as coisas tenham acontecido assim".

Sério? Ela repetiu interiormente. Talvez ele fosse o único feliz com isso. Ela certamente não estava – ela estaria, quando tivesse acesso ao valor total de seu pagamento. Luc provavelmente também não estava – que homem sensato abriria mão de sexo por um ano para se casar com alguém que ele nem gostava? *O que Luc está ganhando com tudo isso?* O pensamento a incomodava.

Luc e seu pai nunca conversavam muito, e ela imaginou como devia ser difícil para ambos. Para Luc, ter crescido sem o pai, e para Charles, não saber que um de seus filhos havia sobrevivido ao incêndio.

Ela tinha ouvido algumas pessoas falando sobre isso em seu primeiro dia trabalhando na Montague Corp. Charles havia se mudado para os EUA e, pouco depois, um terrível incêndio acidental tirou a vida de seu filho – e sua namorada americana na época, que logo se tornou sua esposa, supostamente lhe disse que ambos os filhos haviam morrido. Ele ligou para a mãe dos meninos, que estava com dor, chorando e ele assumiu que sua esposa estava certa.

Como ele tinha acabado de chegar aos EUA, ele não poderia voltar imediatamente para o funeral.

Ela suspirou. Em quem ela poderia confiar?

Quem poderia dizer que o plano de Luc o tempo todo era se reinventar e ser um filho presente? Claramente, ele não tinha nenhum outro motivo para desistir de sua liberdade. Ela ouviu que ele ganhava muito dinheiro por conta própria, antes de ser reconhecido como um Montague.

Charles deve ter percebido sua inquietação, pois tocou sua mão e a apertou, tirando-a de seus pensamentos. "Este casamento lhe dará acesso sem precedentes a Luc. Eu sei que primeiro designei você para ser olhos e ouvidos enquanto o mantinha na linha. Eu quero que você saiba que sua missão ainda é a mesma".

"Oh".

"Você se lembra por que essa coisa toda começou? Se eu não tivesse puxado você de lado, você ainda seria uma funcionária temporária qualquer, com a qual ninguém se importaria. E agora, você está prestes a se casar com o homem do momento e sair com uma quantia considerável de dinheiro quando terminar".

Seus ombros caíram e o ácido se derramou em seu estômago. O que mais ela esperava? Estar em negação sobre como isso começou não mudou os fatos. Ainda. Uma parte dela parecia suja. Ela estaria mentindo para seu novo marido, espionando-o. Ela imaginou que Charles assumiria que ela manteria Luc na linha, mas essa conversa cimentou suas expectativas. *Droga.* "O que você espera de mim? Você o selou com um contrato no qual ele pagará uma pequena fortuna se trapacear. Ele não é um homem burro".

"Não, ele não é. Ele é muito esperto. Ainda estou conhecendo meu filho. Um filho que pensei ter perdido. E eu conto com você para estar do meu lado".

"Você pode ser mais específico?".

"Só estou pedindo o seu apoio. E se você ouvir que as ações dele podem comprometer minha empresa ou o acordo que estou traçando com tanto cuidado, venha até mim com suas informações".

E se eu não fizer isso? As palavras formigaram na ponta de sua língua, mas ela mordeu a parte interna da bochecha e ignorou o desejo. Ela sabia o que um homem como Charles poderia fazer se quisesse – arruinar sua carreira e seus planos. "Claro", ela disse através dos lábios dormentes. "Se eu ouvir alguma coisa, eu vou deixar você saber". Ela chegou tão longe para ter alguma liberdade e agora ela seria prisioneira de uma barganha que poderia custar-lhe tudo.

CAPÍTULO 4

"Você, Kira Jones, aceita este homem como seu legítimo esposo, e você...". A voz do oficiante caiu em segundo plano enquanto Luc olhava em seus olhos. *Mon Dieu...* sua noiva parecia divina.

Com maquiagem suficiente para realçar suas feições bonitas e um vestido que escondia mais do que mostrava, ela era a imagem da modéstia nupcial. Essa ideia geralmente o mandava correndo para as colinas, já que era o oposto da mulher que ele geralmente procurava. Então, novamente, ele assumiu uma postura blasé, isso – se casar – também era o oposto do que ele normalmente faria. Especialmente com alguém que ele mal conhecia. Especialmente com uma mulher que provavelmente relataria cada movimento seu para seu pai.

"Sim", disse ela, e sua voz interrompeu seus pensamentos cínicos.

Uma onda de uma sensação quente o invadiu. Ele engoliu o nó na garganta, evitando qualquer emoção. Por que ele sentiria o formigamento de suas terminações nervosas? Esses votos não significavam nada para ele. Ele sabia disso, e ela sabia disso. Ambos assinaram um contrato sobre um casamento simulado.

O oficiante acenou para ele. "E você, Luc Beauford...".

Ele olhou para o homem bem-vestido que parecia um pouco jovem demais para ter feito isso muitas vezes. Luc mal registrou suas palavras, ainda alcançando sua resposta emocional. Porém, ele sabia quando o homem terminou de falar e inclinou a cabeça com uma pergunta no final.

"Sim", disse Luc.

"Agora os declaro marido e mulher. Você pode beijar a Sra. Luc Beauford", o oficiante disse, acrescentando um pouco de brio no final.

A pequena plateia formada pelas primas dela, seu pai, Richard e alguns funcionários, aplaudiu. Mais algumas pessoas estavam sentadas nas cadeiras cobertas de branco, ele se perguntou se eram atores contratados ou funcionários que beijavam a bunda de seu pai e viriam felizes quando convidados para o que era um evento íntimo.

Ele abaixou a cabeça, mas antes de roçar seus lábios nos dela, uma memória fez seu corpo parar. A cláusula. Ela pediu a ele para não a tocar, mas isso contava? Isso fazia parte da farsa, e se ele não a beijasse, como o fotógrafo tiraria uma foto que Richard certamente enviaria para todas as publicações?

Ela ergueu a sobrancelha, um brilho de desafio em seus olhos.

Sua respiração ficou presa na garganta, como se ele tivesse engolido o ar de todo o espaço. Ela não se moveu, não se aproximou, mas de alguma forma a mensagem extasiada de seus olhos, a energia saltando entre eles encurtou a distância, e também conseguiu fazer todos os outros ao redor desaparecerem.

Ela se esticou em toda a sua altura, e seu olhar caiu de seus olhos para sua boca.

Ele o puxou para mais perto e roçou seus lábios com os dela.

O contato disparou uma resposta incendiária, uma onda de luxúria varrendo-o. Tão rápido quanto começou, o beijo terminou, e ela se retirou, deixando seus lábios chiando, seu corpo inteiro pulsando por mais.

"Parabéns", disse o oficiante.

O fotógrafo continuou tirando fotos deles, e Richard apontou para o bolo de três camadas que ele havia encomendado. Luc não sabia quase nada sobre casamentos, mas imaginava que um bolo tão intrincado precisava de tempo para ser feito. Mas, no mundo deles, o dinheiro falava. Richard trabalhava para seu pai e não poderia ser tão diferente dele.

"Você acredita no tamanho dessa coisa?", Kira perguntou, inclinando a cabeça na direção do bolo. "Eu me pergunto como eles conseguiram um em tão pouco tempo...".

"Quando você oferece a quantia certa de dinheiro, as coisas acontecem".

Ela deu de ombros. "Acho que não posso julgar. Este é um casamento expresso. Tipo drive thru. Você tem uma noiva instantânea, um bolo instantâneo...".

E uma dor de cabeça instantânea.

Ele reprimiu um sorriso. Como ele lidaria com a atração ardente por ela? Ele não poderia seduzi-la usando seu repertório habitual. Não. Kira não cairia nessa e, além disso, ele não queria quebrar a cláusula.

"Lua de mel imediata?", ele sugeriu, inclinando a cabeça. "Você sabe, todas as coisas boas vêm em três".

Um rubor se espalhou por suas bochechas. Ela abriu a boca, então piscou e apontou para algo atrás dele. "Champanhe instantâneo".

Um garçom trouxe a garrafa exclusiva para eles e ela sussurrou: "Essa é a terceira coisa boa que vai acontecer hoje".

"Você está certa", disse ele, pegando as taças do garçom e dando-lhe uma. "A outra coisa que eu tinha em mente não era boa... mas suja. Ardente. E fenomenal".

Ele viu a garganta dela trabalhar, e uma corrente de orgulho masculino o invadiu. Então, ela levou a bebida à boca e bebeu tudo em um só gole.

O fotógrafo se aproximou deles, olhando para ela: "Ok, noiva. Vamos fazer isso de novo, mas desta vez, beba o champanhe devagar. E olhe nos olhos do noivo".

Ela colocou a bebida na mesa próxima e se virou para o fotógrafo. "A noiva precisa se refrescar. Com licença", ela disse, então saiu do salão de baile, e ele imaginou, para o banheiro.

Luc tomou um gole e deslizou a mão nas calças do terno. O fotógrafo tirou mais uma foto dele e saiu correndo.

"Tudo está correndo bem, *n'est-ce pas?*", seu pai disse, caminhando até ele com um pequeno sorriso no rosto. "Eu aprecio você ser um jogador de equipe".

"*Bien sur*", disse ele, concordando. "Claro. Este é o melhor para a empresa. Uma decisão fácil".

Seu pai lhe deu um tapinha nas costas. "Estou feliz que você esteja tão comprometido com a Montague Corp. Eu sabia que trazê-lo a bordo era uma ótima ideia".

"Sim", disse ele. "Mas não discutimos muito negócios. Sinto que me mudei até aqui e não consegui ter acesso a todas as partes da empresa", disse ele casualmente, mas a implicação era clara. Seu pai não havia falado muito sobre a suposta fusão com a France Air, uma das maiores companhias aéreas da Europa. Ele deu carta branca ao filho para revisar o programa de tecnologia e liderar quaisquer mudanças e inovações nesse departamento porque, é claro, seu pai sabia que ele era bom no que fazia.

Contudo, o que ele realmente precisava era da confiança total de seu pai, para poder varrer o tapete debaixo dele.

"Falaremos sobre isso mais tarde", disse o pai. "Não quero falar de negócios hoje".

"Não vejo a hora", disse Luc, esperando que ele não parecesse muito ansioso.

Se ele queria estragar a fusão, ele tinha que agir rápido. Ele não tinha todo o tempo do mundo.

Essas negociações levaram meses, sim, com uma infinidade de advogados envolvidos. Entretanto, ele não sabia até que ponto a fusão da empresa de seu pai estava – ele teria que descobrir.

Sua noiva voltou com uma expressão neutra. Ela sabia mais do que ele sobre a fusão? Ela compartilharia a informação com ele?

Ele suspirou. Duvidoso.

Ela provavelmente não queria ter problemas com o pai dele... mesmo que ele pudesse igualar qualquer compensação financeira que seu pai lhe oferecesse para tomar conta dele. Não... isso não era apenas sobre dinheiro.

Para obter qualquer informação dela, mesmo que acidentalmente, ele precisava ganhar sua confiança. E isso seria quase tão difícil quanto superar a crescente atração por ela.

Kira empurrou o lençol para o lado e passou uma perna sobre a outra, o corpo cansado da noite agitada. Ela geralmente não tinha problemas para dormir, mas ela foi para sua cobertura e ficou em um quarto de hóspedes.

Um quarto luxuoso e perfeitamente agradável com uma cama grande e todos os tipos de confortos da vida moderna. Uma TV elegante na parede, lençóis de algodão orgânico, vários produtos de beleza de alta qualidade no banheiro privativo. Sua governanta deve ter ido fazer compras para ela.

Ela caminhou até o banheiro e abriu a torneira. Água fria espirrou do aparelho curvilíneo. Ela engoliu em seco e olhou para o botão quente, mas decidiu não o fazer.

Sujo. Ardente. E fenomenal.

As quatro palavras revestidas do sotaque mais pecaminoso ecoaram em seus ouvidos. Quando ele disse isso na noite anterior, ela ficou excitada, mas agora, quanto mais ela se lembrava do desafio em seus olhos, o traço de desejo sexual em sua voz... Ela jogou mais água em seu rosto e pescoço.

Se isso não funcionasse, ela poderia ter que tentar cubos de gelo em seguida.

Uma imagem de Luc, segurando um cubo de gelo e levando-o à boca se desenrolou em sua mente. Não, não, não...

Ela nunca tinha estado tão consciente de sua própria resposta a um homem. Ela fez sexo com seu ex, Clint, mas mais como um marco que ela sentiu que precisava alcançar. Realmente não a impressionou, então ela apenas assumiu que sexo incrível era como aquelas cenas nos filmes que são amplificadas e embelezadas. Então, ela se apaixonou por Andrew... e eles namoraram por alguns meses, mas ela não dormiu com ele. *Em retrospecto, uma sábia decisão.*

Mas agora... agora ela tinha que lidar com essa febre toda vez que via o homem.

Talvez ela fosse masoquista. Tinha que ser isso.

Afinal, no dia anterior, depois de sugerir sexo sujo, ardente e fenomenal, ele se comportou.

Ela quase esperava mais insinuações dele, mas depois que ela voltou do banheiro, ele tinha sido um completo cavalheiro. *Talvez porque ele sabia que o estrago já estava feito,* ela pensou cinicamente.

Ela desligou a torneira. Não... Luc era um homem do mundo. Ele usou seu charme como alavanca, especialmente com as mulheres – a razão pela qual ela foi contratada em primeiro lugar. Só porque ele deu em cima dela não significava que ele realmente a desejasse.

Por que ele iria? Ele poderia ter quem quisesse, não durante o casamento, pelo contrato, mas depois, e ele certamente os teve antes.

Ela voltou para o interior da suíte, movendo o pescoço de um lado para o outro para aliviar um pouco a tensão. Ela tinha que se controlar. Afinal, sua carreira estava em jogo – ela tinha que fingir ser uma boa esposa falsa até o fim do casamento, então ela poderia abrir sua agência de empregos temporários. Talvez ela pudesse até obter o endosso do Sr. Montague.

Ou de Luc.

Embora lidar com o francês mais velho fosse mais fácil do que com o diabo sexy no corredor.

Ela pegou o telefone da mesa de cabeceira. Agora, hora de lidar com uma questão mais urgente. Ela respirou fundo, desejando ter tomado uma ou duas doses de tequila antes de ligar para sua mãe para contar sobre a mudança em seu estado civil.

Suor frio escorria em sua testa.

Esperar era inútil. Por mais difícil que isso fosse, ela precisava contar a seus pais antes que eles descobrissem pela mídia. Não que sua mãe gostasse de notícias de celebridades, mas tinha certeza de que as pessoas contariam a ela e as notícias chegariam a ela de uma forma ou de outra.

"Olá", sua mãe disse, do outro lado da linha.

"Oi, mãe". Ela lambeu os lábios.

"Kira, onde você esteve? Eu estava dizendo a Shelby que você não liga, não escreve... estou preocupada que você encontre alguma desculpa para não vir à nossa festa", disse sua mãe, com seu forte sotaque sulista.

Ela iria à festa de aniversário de seus pais... e traria um convidado. Uma onda de apreensão passou por ela, e ela andou pela sala, incapaz de ficar quieta. "Não se preocupe, mãe. Eu estarei lá". Ela respirou fundo. "E já que estamos falando de casamento, eu tenho algumas notícias minhas".

"Você conheceu um rapaz legal?", sua mãe correu para dizer.

A imagem de Luc surgiu em sua mente. Ele não era nada legal. Ele era ruim... tão ruim. "Casei com um bom rapaz. Ontem".

Silêncio.

Ela podia imaginar sua mãe tocando seu coração, ou se abanando, ou agitando os braços como um pássaro tentando voar. "Mãe? Você está aí?".

"Não importa se eu estou aqui, não é? Aparentemente, sou inútil. Afinal, você acabou de se casar sem convidar sua própria mãe para o seu grande dia. Meu Deus, onde foi que eu errei?".

Kira revirou os olhos. Embora apreciasse o sentimento de sua mãe, ela poderia passar sem uma viagem de culpa. "Desculpe... Eu namorei Luc por alguns meses, mas não queria compartilhar até saber que ele era o cara certo para mim. Quando ele propôs... não tinha como recusar".

"Como assim?", sua mãe repreendeu. "Kira, quem é esse homem? Onde você o conheceu?".

"No trabalho", ela disse, então limpou a garganta. "Ele se mudou para os EUA e eu o ajudei a se estabelecer".

"Mudou-se? Esta não é uma daquelas situações de casamento simulado, é? Ele se casou com você para obter um *green card*?", sua mãe começou, sua voz ficando cada vez mais condescendente a cada segundo que passava. "Oh, querida... existem programas de TV sobre esse tipo de coisa. É tarde demais para anulá-lo?".

"Mãe", ela a cortou, a impaciência queimando. É claro que sua mãe não pensaria que um cara normal ficaria tão a fim dela sem uma agenda oculta. E ela estaria certa, uma pequena voz dentro dela rosnou. Pelo menos um *green card* para migrar para os EUA para uma vida melhor seria uma razão melhor para um casamento fajuto. Certamente não tão transacional quanto dinheiro e controle de relações públicas. Uma corrente quente de embaraço a invadiu, mas ela manifestou que fosse embora. Se ela não conseguiu convencer sua própria mãe de que eles se casaram por amor, que tal o resto do mundo? "Luc é super rico. Ele é um *self-made man* e, além disso, herdeiro de um bilionário. Ele é da França. Eu sei que isso é muito para absorver, mas ele não está comigo por causa de um *green card*".

"Uau". Sua mãe suspirou ao telefone, e ela se perguntou se isso era alívio ou surpresa. "Quantos anos tem esse homem?".

"Trinta e quatro".

Silêncio.

"E ele é muito bonito", acrescentou ela, um toque de orgulho em sua voz, que ela imediatamente se arrependeu. Ela sabia que sua mãe transmitiria todas essas informações para Shelby, e mesmo que ela não guardasse ressentimento contra sua irmã, uma parte mesquinha dela gostava de estar no topo, pela primeira vez. *Maturidade que se dane.*

"Uau", sua mãe repetiu. "Eu não sei o que dizer. Você sempre foi tão focada em seu trabalho, eu nunca pensei que você se casaria tão rápido. Especialmente depois de Andrew. Eu sei o quanto você gostava dele".

O coração de Kira se apertou. Por que sua mãe sempre tinha que trazer isso à tona? Ela não tinha certeza se sua mãe gostava de lembrá-la de que ela havia perdido mais alguma coisa para sua irmã, ou se ela era tão ignorante e não sabia que Andrew era um assunto que Kira preferia esquecer. "Bem, quando você sabe, você sabe. Vou levá-lo para a festa de aniversário. Vocês todos vão conhecê-lo". *Então me ajude Deus.* Esqueça de lhe ensinar a prática de trabalho americana. Ela teria as mãos ocupadas dando a ele os prós e contras de navegar pelas funções de sua família e sair ileso.

"Oh, eu mal posso esperar para conhecê-lo", disse sua mãe em um tom alegre, como se ela não estivesse ligando para o casamento em si.

"Mal posso esperar para você conhecê-lo", Kira repetiu, sabendo que era uma grande mentira.

CAPÍTULO 5

Luc verificou sua manga, em seguida, removeu um pedaço microscópico de fiapos de seu terno.

Uma semana de casamento falso e, até agora, ele sobreviveu. Por muito pouco.

Eles se estabeleceram em uma rotina, o que significava mais tempo juntos do que o planejado. Afinal, ela insistira em manter sua posição como assistente, para aprender o máximo que pudesse com isso. Ele nem mesmo comprou toda a farsa de *um dia eu terei minha própria agência temporária*. Até onde ele sabia, ela ainda estava o mais perto que podia dele com um objetivo muito claro.

Ele tentou se lembrar disso quando eles iam para o trabalho juntos e sua fragrância feminina flutuava ao redor dele, ou quando eles voltavam do trabalho e ele escolheu usar a sala de ginástica para desopilar.

Richard havia vazado informações sobre ele para os meios de comunicação em tempo hábil. Os sites de fofocas e até as páginas de negócios pediram mais detalhes e, até agora, todos compraram a história – ele conheceu Kira há alguns meses e, depois de se mudar para os EUA, decidiram que não poderiam se separar e se casaram em segredo. A coisa toda parecia tolamente romântica, mas o que fosse preciso para ganhar a confiança de seu pai.

Ele ainda não estava lá – seu pai, homem inteligente que era, restringiu a autoridade de Luc à parte tecnológica do negócio. Uma tarefa imensa, sem dúvida, mas o que Luc realmente queria era ter acesso à grande fusão. Por que seu pai estava tão calado sobre isso?

Não importava por quê.

O que ele realmente precisava focar seria em como – como estragar tudo para Charles Montague. Seria a vingança final, não seria? Além de tirar dele a maior fusão da vida de Charles, ele humilharia publicamente seu pai e mostraria ao mundo o quão conivente e egoísta era Charles. Isso incluiu aproximar-se de Samantha, atual CEO da France Air. Uma mulher impossível de alcançar, mas ele chegaria lá. Ah, sim, ele iria.

Começando por comparecer ao baile de hoje à noite, no qual Samantha estaria presente.

“Estou pronta”, disse Kira, interrompendo seus pensamentos.

Ele circulou ao redor para encontrar sua esposa parada a poucos metros dele. Um instinto primitivo nele pulsava em suas veias. *Mon Dieu*, ela parecia *magnífica*.

O cabelo dela caía pelos ombros em grandes cachos soltos que o faziam querer envolver os dedos e sentir sua textura. Um vestido preto sem mangas abraçava suas curvas até cair pelos tornozelos, com outro tecido misturado. As pontas de seus dedos coçavam para tocá-la, para correr a palma de sua mão por seu corpo, para dar às curvas a atenção que mereciam.

"Eu atingi seus altos padrões?", ela perguntou, um traço de sarcasmo em sua voz, como se ela estivesse ciente de sua leitura visual descarada sobre ela.

Ele ergueu o olhar de volta para o rosto dela, registrando os lábios vermelhos beijáveis. Quando ela não fez isso por ele? Uma agitação percorreu seu corpo. Quente e pesada. "Você superou cada um deles, minha querida esposa".

"Bom. Porque aquela equipe de beleza estava ocupada hoje. Fui depenada, depilada, massageada, polida, soprada e, honestamente, foi tudo exaustivo. Sinto que já estou cansada sem sair de casa".

Ele desejou que eles não tivessem que ir a lugar nenhum. Mas, segundo Richard, eles deviam ser vistos em alguns eventos importantes. E esta noite, o baile organizado por uma das famílias mais proeminentes de Nova York, era um deles. "Parece que você está sendo tocada por todos, menos pelo seu marido".

Ela ergueu o queixo. "A forma como deve ser".

Uma risada flutuou em sua garganta. "Talvez você esteja certa. Porque nós dois sabemos que se eu começar a tocar em você, provavelmente nenhum de nós fará mais nada. Por um longo, longo tempo".

O pulso em seu pescoço saltou. Um fio de satisfação caiu sobre ele, ele segurou o olhar, esperando que seus olhos transmitissem todas as coisas sujas que ele queria fazer com ela. "Se você não tivesse essa regra boba, eu pegaria você agora mesmo e te jogaria contra a parede", disse ele, sua voz engrossando à medida que cada palavra saía de seus lábios. Seu coração pulsava em suas veias, batendo tudo o que estava vivo nele. "Eu empurraria este vestido para fora do caminho, mas porque eu queria tanto você, eu não teria tempo de removê-lo completamente. Estaria na sua cintura. Eu me ajoelharia, provando as suas partes mais intimas e fazendo você gozar na minha boca. Então, eu finalmente te foderia, enquanto beliscava seu ombro, nossas respirações irregulares e gemidos cortando o ar".

Um brilho do que só poderia ser excitação cintilou em seus olhos, e ela mudou seu peso de um pé para outro, como se as palavras dele a perturbassem. Ela abriu a boca, então balançou a cabeça, e ele se perguntou se ela sabia que estava fora de si. Ela poderia negar a faísca entre eles?

Kira Jones poderia ter duas caras sobre o verdadeiro motivo pelo qual ela começou a trabalhar para ele. Ela poderia ser uma espiã discreta para seu pai, mas algo dentro dele duvidava que ela fosse uma hipócrita. "Parece que você pensou muito nisso", ela disse com uma voz neutra, mas a corrente de luxúria estava lá.

"Duas vezes por dia, no chuveiro".

Ela mordeu o lábio inferior. "Você realmente tem que abrir essa porta?".

"Que porta? Estamos aqui, no mesmo lugar de antes, caso contrário, nós dois estaríamos com um humor muito melhor".

Ela deu de ombros. "Fale por você mesmo".

Ele deu um passo à frente, penetrando a bolha invisível ao redor dela. "Você pode falar também... ou melhor ainda, gemer. Tudo que eu preciso é o seu..."

"Você não desiste, não é?". Ela ergueu uma sobrancelha e começou a se afastar dele, descendo as escadas curvas. Ele a seguiu, fascinado pela forma como a barra de seu vestido balançava quando ela se movia, como se ela estivesse andando em um pedaço de nuvem escura. "Por que você tem que dizer todas essas coisas?".

"Palavras são tudo o que tenho agora. De que serviriam se eu não as usasse?".

"Você é persistente, eu não posso negar. Agora, vamos a essa festa e colocar esse show na estrada. Eu tenho um bom livro esperando por mim quando eu voltar".

Uma hora depois, eles se misturaram no impressionante triplex em um dos prédios mais cobiçados de frente para o Central Park. Ele tinha visto algumas celebridades e artistas, mas a principal pessoa que ele queria – a Sra.

Samantha Fraser, a viúva com quem ele gostaria de falar sobre a fusão, não apareceu. Ou talvez tivesse, mas o mar de pessoas, garçons e artistas tornava impossível encontrar alguém com sucesso.

"Você está procurando por algo?", Kira perguntou, seus olhos procurando os dele.

"Não, por quê?".

"Você só parece... ansioso".

Ele riu disso. "Eu? Não. Eu odeio multidões", ele mentiu.

Um pequeno sorriso curvou seus lábios. Então, ela soltou um suspiro e afrouxou os ombros como se ele tivesse tirado uma mochila pesada dela. "Eu também".

Uma pontada de culpa o apunhalou. Ele deveria se alegrar em ganhar sua confiança, em tê-la mostrado uma trégua e por um momento, um vislumbre de conexão com ele. Todavia, ele sabia que não merecia. Que ele mentiu para ela. Uma pequena mentira, claro... mas também sobre a única coisa que ela parecia admirar nele. Sua aversão conjunta pelas multidões. "*Oui*". Ele percorreu a área ao redor deles, pensando rápido. Ficar com Samantha sozinha seria mais difícil com sua esposa ao lado dele. E se Kira suspeitasse de alguma coisa? Ele não podia arriscar. Ela ainda trabalhava para o pai dele, embora se casasse com ele. Ele limpou a garganta, sentindo-se desconfortável. "Eu preciso usar o banheiro. "Volto já".

"Claro", disse ela.

Ele lançou-lhe um olhar neutro e serpenteou em direção à multidão no meio da festa, esperando se perder entre os muitos homens e mulheres impecavelmente vestidos. Sem olhar para trás, ele continuou. Ele se aproximou de um garçom e entregou-lhe uma nota de cem dólares, perguntando sobre o paradeiro da Sra. Fraser. A equipe geralmente sabia dessas coisas, seja por ver as pessoas mais importantes, ou por ouvir falar deles enquanto serviam os convidados autorizados.

Ele sabia disso porque havia trabalhado em banquetes e casamentos quando adolescente nos fins de semana. Ele fez todo tipo de bicos para economizar dinheiro para comprar melhores equipamentos de informática e se dedicar ao aprendizado de tecnologia, o que acabou sendo sua graça salvadora.

"No andar de cima", disse o garçom.

Movendo-se rapidamente, ele subiu o intrincado lance de escadas e, no segundo andar, encontrou uma mistura de pinturas magníficas nas paredes, menos pessoas e um garçom ou dois. O ambiente era um pouco mais íntimo, e ele quase esperava que alguém verificasse o que ele estava fazendo ali.

Os corredores espaçosos levavam a várias portas. Onde ela poderia estar? Ele não podia simplesmente invadir, e ele não deveria...

"Procurando por algo?", disse uma voz feminina atrás dele.

Ele se virou para encará-la, e uma ou duas batidas depois, ele a reconheceu. Samanta Fraser. Ela se tornara uma jovem viúva aos cinquenta e, de acordo com as fofocas, tinha sido o alvo de muitos solteiros – jovens e velhos. Mas o olhar inteligente em seu rosto lhe disse que ela não seria do tipo que se apaixonaria por bajulação.

"*Mais oui...* o banheiro".

Seu olhar azul não deixou o dele. "Nenhum dos que estão lá embaixo funcionou para você?".

"Você me pegou. Eu queria dizer oi para você", ele disse, mantendo sua voz casual.

Ela franziu a testa. "Por quê?".

"Porque estou interessado em comprar seu duplex no Central Park. Acabei de me mudar para os EUA e você tem uma joia lá", disse ele, usando a desculpa que havia praticado. Ele sabia que se falasse mal de seu pai, soaria mesquinho e imaturo. Ela não confiava nele e não o ouviria. Ele precisava ganhar sua confiança para conseguir mais do seu tempo e mostrar a ela seu plano. A equipe que ele montou no papel, as mentes que adorariam fazer parceria com ela e assumir a France Air.

"Não está à venda, Luc".

"Você sabe quem eu sou?", ele perguntou por perguntar.

"Sim, eu tenho um smartphone", disse ela com um sorriso apertado.

"Então você não está vendendo sua casa, mas está vendendo a companhia aérea. Interessante", ele disse, olhando para ela bem nos olhos, mas esperando que sua expressão neutra suavizasse sua entrega... *Merde.* Uma dica sobre a fusão era uma coisa, mas ele não deveria ter sido tão direto.

"Talvez", ela disse, imperturbável. "Você não deveria estar perguntando ao seu pai sobre isso?".

"Isso é algo que já não ouço na minha idade".

Uma risada escapou de seus lábios. "Você realmente acha que vai mudar minha mente sobre o duplex?".

"Pode-se esperar". Ele tirou o cartão de visita e entregou a ela. "Se você mudar de ideia ou quiser discutir outros ativos, me avise".

Ela lhe ofereceu um longo olhar. "OK". Então, ela se afastou dele na direção de um pequeno grupo de três pessoas que estavam observando uma pintura.

Um pequeno sorriso curvou seus lábios. *Não é uma primeira interação ruim.* Se ele pudesse ganhar sua confiança, isso poderia ser uma vantagem para ele. Ela ainda poderia desistir da fusão com seu pai. Ele examinou a multidão, a esperança se fortalecendo dentro dele. Quando seus olhos encontraram Kira, seu coração parou de bater. Ela estava olhando para ele com um traço de ressentimento.

Uma sensação fria se espalhou por seu peito.

Merde. Ela o tinha visto conversando com Samantha.

CAPÍTULO 6

Capítulo Seis

O batimento cardíaco de Kira trovejou em seus ouvidos.

Suas terminações nervosas picaram, mas não de um jeito bom. Não. Apreensão e completa decepção caíram sobre ela, mais afiadas que a ponta de uma faca de caçador. Ela estava olhando para ele nos últimos minutos.

Quando ele saiu, ela considerou usar o banheiro. Então ela caminhou ao redor da imensa área de estar, dizendo a si mesma para não se sentir deslocada enquanto esbarrava com os ricos e os bonitos.

Então, ela deixou seu olhar vagar, entediada, esperando que ele não a deixasse por muito tempo. Ele não podia ignorá-la desde que eles eram casados, certo? Ela pensou divertidamente.

Então, ela o viu.

Conversando com uma mulher deslumbrante no segundo andar, como se ele não tivesse nenhuma preocupação no mundo.

Ela se virou, passando pela multidão, tonta e emocionalmente sobrecarregada. Como diabos ela foi traída mesmo em um casamento falso? *Deus.* Suor frio brilhava em sua testa. E se outra pessoa pegasse aquele momento? E se alguém tirasse uma foto? *Você está apenas sendo paranoica,* ela disse a si mesma. *Não há paparazzi aqui e aconteceu muito rápido.*

Mesmo assim... Se a notícia se espalhasse, ela seria humilhada para o mundo inteiro ver. Esqueça de levá-lo à festa de aniversário dos pais dela. Definitivamente, ela não iria querer mostrar sua bunda em Hope Springs. Ela seria o alvo das piadas, por ter conseguido perder o marido depois de uma semana de casamento.

Marido. Ela zombou e pegou a bainha de seu vestido para que ela pudesse andar mais rápido. Quando ela chegou à entrada, ela olhou para a funcionária que estava abrindo portas e conversando com os convidados quando eles chegaram.

"A senhora precisa de alguma coisa?", a mulher perguntou, inclinando a cabeça como se ela se importasse com sua resposta.

"Um táxi, por favor", ela disse com uma voz fria. Ela poderia correr para fora e chamar um ela mesma, mas levaria mais tempo, e os paparazzi tirariam fotos dela saindo da festa com pressa. Talvez ela pudesse dizer que estava com dor de cabeça ou algo assim. Ela mandaria uma mensagem para Richard mais tarde.

Por mais que ela odiasse Luc agora, ela não poderia comprometer seu papel nessa barganha.

"Kira, fale comigo", o próprio diabo disse, caminhando até ela, recuperando o fôlego como se tivesse corrido para chegar até ela. Tudo parte de seu próprio controle de danos, ela apostou.

"Oh, docinho", ela disse, em uma voz tão falsa quanto o casamento deles. "Eu estava pedindo um táxi porque não me sinto bem... mas não queria que você tivesse que sair. Eu mandei uma mensagem para você, querido" ela mentiu. "Para que você não se preocupasse".

O olhar da mulher disparou entre os dois. "Com licença", ela disse, então voltou a conversar com a equipe.

"O que você está fazendo?", ele perguntou em voz baixa, encurtando a distância entre eles.

"Eu poderia te perguntar a mesma coisa, docinho", disse ela, desenhando a última palavra com sarcasmo frio o suficiente para congelar um verão texano.

Ele fez sinal para agarrar seu cotovelo, mas ela se afastou. "Precisamos conversar", disse ele, um traço de súplica em sua voz. Como um homem que foi pego em flagrante.

Muito parecido com Andrew quando ele foi pego transando com a irmã dela no apartamento de Kira.

Ela respirou fundo. "Eu...".

"Aqui não. Vamos para casa", disse.

Casa? Para o lugar onde eles dormiam? Para a cobertura enorme que habitavam? Certo. Ela não queria ir para seu antigo apartamento e incomodar suas primas de qualquer maneira. Billie e Poppy ficariam preocupadas e a pobre da Poppy já se sentia culpada o suficiente, embora Kira tivesse tentado convencê-la a desistir.

"Não diga nada até que estejamos sozinhos", ele sussurrou.

Ela tinha algumas palavras para dizer a ele e alguns nomes para chamá-lo. Mesmo assim, até ela sabia que um escândalo público não beneficiaria nenhum deles. Então, ela ficou quieta durante a volta para casa, sua raiva ainda fervendo dentro dela e evitando olhar para ele. E se o motorista os ouvisse? Agora, ela não podia confiar em ninguém.

A chegada ao prédio foi um borrão. Um casal se juntou a eles no elevador e o jovem casal se abraçando e murmurando palavras doces um para o outro só aumentou sua raiva. Por que ela nunca poderia ter pelo menos um relacionamento saudável? Unzinho que fosse.

O casal saiu do elevador um andar antes do deles, e quando ele fechou a porta atrás dele, ela se virou para ele.

A decepção que estava fervendo em seu sangue durante todo o caminho até aqui chegou a um ponto de ebulição.

"Por quê?", ela perguntou, a palavra deixando-a sem seu consentimento. Ela deveria falar com ele, questioná-lo, sim, mas em sua cabeça, ela soaria muito mais neutra. Sem a tendência de vulnerabilidade em sua voz, como se estivesse a um batimento cardíaco de perder o controle de suas emoções. "Por que você me levou lá e me deixou para flertar com uma mulher que você acabou de conhecer?".

Ela podia entender, mesmo que não concordasse, com o favoritismo de seus pais em relação a Shelby, por exemplo. Havia uma lógica: eles amavam Shelby e a tinham com eles por seis anos antes de Kira aparecer, basicamente para ajudar a salvar sua vida. Eles tinham um relacionamento com sua primeira filha. Mas, para o marido simplesmente deixá-la de lado e ir conversar com uma pessoa totalmente estranha?

Sua mandíbula apertou. Ele estava bravo com ela por reclamar de seu comportamento de merda, ou consigo mesmo por ter sido pego? O casamento deles não era de verdade, mas isso não significava que ele tinha o direito de humilhá-la e causar algum dano real. "Kira, *je suis désolé*. Eu sinto muito. Eu sei como deve ter parecido, mas eu não estava flertando, nem falando com ela com a intenção de ir para a cama com ela".

"Que outra intenção existe? Para se tornarem melhores amigos?". Ela andou em círculo, recusando-se a olhar para ele por um momento. Imagens do dia em que ela encontrou sua irmã e Andrew inundaram sua mente, memórias que ela tentou tanto esquecer. Uma sensação de nervosismo tomou conta dela e as pontas de seus dedos tremeram, sua frequência cardíaca atingindo níveis preocupantes para uma mulher saudável de sua idade.

Ela parou de andar de um lado para o outro, por um instante, a sala ficou embaçada, e ela alcançou uma das cadeiras estofadas para se apoiar, seus dedos mordendo a borda.

"Você está bem?", ele perguntou, encurtando a distância entre eles.

Ela levantou a mão para impedi-lo de tocá-la. "Estou bem". *Apenas com raiva.* Ela deu a volta e se sentou na cadeira, respirando fundo e profundamente, o que deixaria qualquer instrutor de ioga orgulhoso. Ela fechou os olhos, desejando relaxar, mesmo que suas terminações nervosas pulsassem com uma emoção que levaria mais tempo para se livrar.

Quando ela abriu os olhos novamente, ela o encontrou estudando-a, esfregando o queixo, seu olhar fixo no dela como se algo muito ruim pudesse acontecer se ele a soltasse.

Ela engoliu o nó apertado em sua garganta. "Desculpe", foi sua resposta imediata, e ela se odiou por se desculpar. "Quero dizer...".

Ele se abaixou na frente dela até ficar no mesmo nível, uma mão segurando o braço da cadeira dela. Muito perto. Mesmo depois de um ataque de pânico sutil, ela podia sentir o cheiro dele, uma mistura de notas de bambu com carvalho escuro e aquela pitada de pura masculinidade.

"Kira, eu não estou interessado nessa mulher do jeito que você pensa. Eu a procurei, sim, porque queria fechar um negócio com ela. Eu nunca trairia você".

Um negócio? Ela mordeu o lábio. Uma pequena onda de constrangimento a atravessou. Deus, ela queria acreditar nele... queria se sentir boba até, por pensar que só porque ele era um cara bonito e as mulheres com quem ele conversava eram mulheres bonitas, que elas não podiam interagir sobre assuntos profissionais. Porém, no fundo, uma pequena voz a advertiu contra ele. Uma voz que ela não podia ignorar. "Qual negócio? O que você está falando?".

"Nada muito complicado. Estou alugando este imóvel agora, mas também estou procurando um lugar para morar. Isso é tudo".

Oooh. Um alívio que ela não deveria sentir enfiado em sua espinha, soltando seus membros. "Hmm, tudo bem. Não tenho certeza se caio nessa sua estória". Ela suspirou. "Olha, eu gosto de ser direta e honesta", disse ela, mesmo que ela se esbofeteasse mentalmente. Difícil. Como ela poderia ser honesta quando toda essa farsa começou porque seu pai pediu para ela espioná-lo? "Eu sei que o nosso relacionamento não é real, mas ainda devemos respeitar um ao outro".

"Eu respeito você".

"Da próxima vez que você precisar correr para fazer contatos profissionais, não minta para mim. Eu odeio mentiras".

"Eu também", disse ele, uma pontada de perigo em sua voz. Sua coluna se trancou no lugar. Ele quis dizer ela? Ele achava que ela estava mentindo para ele? "As mentiras nos impedem de nos conhecermos melhor".

"Quando esse foi o objetivo?".

"Qual é o teu objetivo? Por que você está fazendo tudo isso? Você mencionou uma vez algo sobre sua prima. Sobre precisar de dinheiro para ela".

Ela mordeu o lábio inferior. Ela não podia contar a ele sobre seu acordo com Charles, mas ela poderia se contentar em compartilhar o motivo de ter se metido naquela confusão. Talvez assim ela aliviasse um pouco de sua culpa. "Eu queria ajudá-la... ela sofreu um acidente e não tinha dinheiro para pagar o tratamento. Isso aconteceu logo depois que nos mudamos do Texas para cá. Não queríamos desistir e voltar. Poppy é sempre engenhosa, então decidiu usar um agiota para pagar o tratamento. Bem, precisávamos do dinheiro para manter todos os nossos membros".

"Quem é ele?", ele perguntou, uma sombra escura cruzando sua expressão. "Onde ele está?".

Ela deu de ombros. "Ele se foi agora. Eu paguei a ele".

"Você é uma pessoa fascinante. Generosa e corajosa. Diga-me, por que você surtou quando me viu conversando com outra mulher?".

A umidade se dissipou de sua garganta. Era isso, ela sabia disso. Ela tinha que contar a ele sobre sua irmã e Andrew. Não só ele descobriria eventualmente – certamente antes da festa de aniversário de casamento em questão de semanas –, mas uma parte dela temia que ele insinuasse que ela também não era tão honesta. E ele não estava errado.

Então, ela teve que dar a ele a única coisa que infelizmente era verdade. "Minha irmã...". Ela mordeu o interior de sua bochecha. "Eu estava saindo com alguém por algumas semanas, um cara chamado Andrew, no Texas. Eu estava realmente afim dele. Um dia eu entrei no meu apartamento e o encontrei transando com minha irmã", ela disse, com raiva em sua voz. "A ironia é que eu e ele nem tínhamos transado ainda". Deus, ela desejou poder apagar a tristeza de sua voz, ou limpar a decepção de seu rosto. Não porque ela desejasse ter dormido com ele, mas porque ela tinha sido tão estúpida. Assim. Estúpido.

"Bem, esse homem é um idiota do caralho".

"Verdade, mas você não tem que ter pena de mim. Eu tenho essa regra...".

"Que regra?".

"Eu só... espero muito tempo para transar, eu acho". Não é à toa que aos vinte e cinco anos, ela só dormiu com Clint.

Que perda de tempo tinha sido. Ela sempre quis ter certeza de que o relacionamento estava indo a algum lugar antes de entrar com tudo.

"Ele te traindo não foi sua culpa, *ma chère*. Mostrou sua falta de caráter e, se você me perguntar, mau gosto".

Ela riu. "Você não viu minha irmã. E se ela for mais bonita do que eu?".

Ele a olhou como se procurasse um caminho para sua alma. "Isso é impossível".

Um arrepio percorreu sua espinha, deixando suas partes erógenas em alerta total. A atmosfera mudou para uma energia pesada e cheia de luxúria. Ela ouviu seu coração bater em seus ouvidos e uma parte dela queria apenas esquecer... esquecer as regras tolas, sobre a promessa que ela fez ao Sr. Montague, sobre como seria fodido dormir com o homem que era especialista em partir corações.

Ela cruzou os braços sobre o peito. As consequências do esquecimento durariam a vida inteira e, ironicamente, aquelas que ela nunca poderia esquecer. Permanecer na tarefa e lembrar seu papel em tudo isso foi sua melhor estratégia.

"Obrigada". Ela piscou, afastando qualquer tensão sexual remanescente. Ela ficou de pé, tomando cuidado para não o tocar enquanto dava a volta, e estabeleceu uma distância segura entre eles. "Eu preciso ir para a cama".

"*Bon soir*", ele disse, daquele jeito sexy, seu sotaque mais delicioso do que um brownie de chocolate duplo. "Durma bem", disse ele, e ela se perguntou se ela ouviu uma pontada de zombaria em seu tom, como se ele soubesse que ela não teria um sono de qualidade.

"Você também", ela disse, sua voz acima de um sussurro, então ela subiu as escadas, andando mais rapidamente do que de costume, ansiosa para colocar uma zona de amortecimento entre ela e o objeto de seu desejo.

CAPÍTULO 7

L uc serviu o café em sua caneca. O líquido preto escorreu por sua garganta, aquecendo seu paladar. Ele quase estragou tudo na noite anterior. Se Kira tivesse saído sem ele, os paparazzi sem dúvida teriam notado, e ele seria novamente malvisto na mídia. Ele não se importava antes, mas agora precisava de um bom relacionamento com seu pai.

Memórias do que ela disse a ele na noite anterior inundaram sua mente, e seu peito se apertou. Ele desejou poder socar o bastardo que fez Kira sofrer. Ele mesmo tinha sido um bastardo, tanto no sentido literal quanto de outra forma, mas ele nunca trairia uma mulher que estava apaixonada por ele – e com sua irmã.

Outro sentimento tomou conta dele, uma estranha sensação de reivindicação, proteção. Ele não queria que ela sofresse por causa de ninguém e odiava o ressentimento em sua voz. Ela ainda amava Andrew? Ele colocou a caneca no balcão e estalou os dedos.

Talvez ela ainda o fizesse.

Talvez tenha sido por isso que ela se recusou a dormir com ele. Não que ele propôs, mas por um tempo, o convite silencioso pairou no ar. Ambos estavam cientes.

Ele enfiou as mãos nos bolsos de suas calças. Por que a razão pela qual ela não dormiu com ele importava? Ela provavelmente tinha dezenas de razões, todas válidas. Ele sabia que dormir com ela e ter mais acesso a ela talvez o ajudasse com o objetivo final, mas ele seria um tolo se não admitisse que estar com ela se tornou uma obsessão. Ele a queria, beijá-la novamente, sentir sua pele contra a dele, fodê-la até que ambos perdessem a noção do tempo.

Mon dieu, como ele queria que isso acontecesse.

Seu telefone tocou no balcão e ele o pegou, reconhecendo rapidamente a identificação do telefone de Richard.

"*Bon jour*, Richard".

"Bom dia, Luc. Estou ligando para você porque li um item cego no site Page Six que chamou minha atenção".

"Item cego?".

"É quando eles escrevem sobre uma celebridade e o que supostamente fizeram, mas não adicionam nomes para que os leitores possam descobrir por conta própria".

"Ah".

"Era sobre aquela festa que você foi ontem à noite... Mencionou que um casal muito recente teve uma desavença. E o homem é francês. Eles podiam muito bem ter dito seu nome".

"Mas eles não disseram".

"Não, mas como você está tendo brigas com Kira? Você acabou de se casar. Você não pode fazer isso em público".

Ele não podia falar sobre Samantha Fraser, só aumentaria a suspeita. "Peço desculpas... meu erro".

"Não queremos que as pessoas comecem a falar. Precisamos acabar com isso o mais rápido possível. Fiz uma reserva para vocês dois em um restaurante. Vá com ela hoje e você será visto. Vou avisar alguns fotógrafos".

"Mas tenho planos para o almoço", disse ele, pensando na reunião virtual que havia marcado com o seu vice-presidente da França. Ele não podia simplesmente deixar seu próprio negócio ir indefinidamente... ele não tinha chegado aonde estava sem ser minucioso.

"Então troque-os. Isso é mais importante", disse Richard.

"Não me lembro da última vez que alguém usou esse tom comigo, Richard".

"Não quero ofender, mas precisamos que você se comporte e você sabe disso".

Ele suspirou. Levar Kira para almoçar não era um sacrifício, era? Eles geralmente tinham almoços de trabalho, ou ela ficava no escritório e pedia comida para viagem se ele tivesse uma reunião de negócios. Mas realmente comer fora durante o dia sem trabalho para fazer?

Primeira vez. "OK, tudo bem. Qual o nome do restaurante?".

Horas depois, ele a conduziu pela entrada de um dos restaurantes mais exclusivos de Manhattan. Ele estava bem ciente dos pares de olhos sobre eles enquanto seguiam o maitre, e quando ele se sentou na mesa do canto, ele soube naquele momento que Richard havia cuidadosamente orquestrado tudo isso.

Um animal de circo teria mais privacidade do que eles.

"Isso é bom?", ela perguntou, inclinando-se para mais perto.

"Sim. Perfeito para o nosso objetivo", disse. Ele contou a ela sobre a ligação de Richard e seu plano rápido para fazê-los enterrar a relevância do item cego. Embora... se ele fosse honesto consigo mesmo, ele gostava de estar com ela.

Ele gostava que ele gostasse de estar com ela? Não.

Seduzi-la para obter informações ou simplesmente tê-la ao seu lado caso precisasse de sua lealdade eram razões muito mais pragmáticas. Essas razões ele podia entender, e viver com elas, mas ansiar por dividir espaço com ela, receber seus sorrisos adoráveis ou olhares sarcásticos era outra história.

Ela levantou o menu da mesa, seus dedos brincando com as bordas de couro. Um sorriso curvou seus lábios.

"Animada?".

"Que estou prestes a comer frutos do mar extravagantes de graça? Caramba, sim", disse ela.

Um leve fio de diversão percorreu seu corpo. Ele estava em um caminho diferente nos últimos anos, e a luta financeira do passado parecia tão distante às vezes. Estar com ela o fez sentir-se grato por tudo o que havia conquistado. Lembrou-lhe o que ele costumava desejar, por tantos anos. Embora durante a infância desejasse o que nenhuma quantia de dinheiro jamais trouxesse – um pai presente. E nunca traria.

"Você quase faz parecer que não quer ficar comigo", disse ele, apertando os lábios de forma dramática para manter o tom leve na conversa.

"Tenho certeza de que seu ego pode aguentar esse golpe", disse ela.

"Você gosta de me colocar no meu lugar, não é?".

O garçom veio e pegou seus pedidos de bebida. Ele pediu uma garrafa de vinho e aperitivos.

"Não tenho certeza se a ostra foi uma boa pedida", ela disse quando o garçom saiu.

"Por que não?".

Ela se inclinou, falando em voz baixa. "Porque eu nunca provei antes".

"Você vai gostar. Ostras também são afrodisíacas".

"Você acha que isso é verdade?".

"Vamos ver", disse ele, mordendo a língua para não admitir que achava que a teoria afrodisíaca era besteira. *Merde*. A atração estava lá ou não, e um pedaço de marisco não mudaria nada. Porém, o brilho misterioso nos olhos dela despertou algo dentro dele, e ele não queria acabar com a energia intensa que fluía entre eles. "Assustada?".

"Por quê? Um pedaço aleatório de ostra me fará querer pular sobre a mesa e te beijar?", ela disse, sua voz era brincalhona no final, mas antes que ela o questionasse, ela ficou mais grossa, como se o significado por trás de suas palavras a tivesse atingido. Ela poderia tentar ser casual o quanto quisesse, mas a mesma luxúria voraz correndo em suas veias corria pelas dela. Tudo o que ela precisava fazer era aceitá-lo e enfrentá-lo de frente. Sem negar. Sem evitar.

"Eu estava esperando chegar lá sem as ostras, mas quando se trata de você, estou aceitando qualquer ajuda que puder".

Um tom de rosa se espalhou por suas bochechas e rapidamente desceu pelo pescoço. Aquela atmosfera sensual os envolveu novamente, e quando o *sommelier* se aproximou com a garrafa de vinho para ele fazer o buquê, ele mal percebeu. Ele fez os movimentos, provando o vinho sem tirar o olhar do dela.

Quando o *sommelier* saiu, ele ergueu a taça para ela. "Um brinde, *ma chère*. A chegar aonde queremos com ou sem ajuda".

Ela ergueu o copo e tocou o dele com um suave *tilintar*, em seguida, levou-o à boca. Imagens de seus lábios macios nos dele, então descendo por seu pescoço e peito, traçando um caminho para seu pênis desdobraram em sua mente. Ele tomou um gole generoso de seu vinho, o calor brotando por dentro, e não por causa do álcool.

O garçom trouxe os aperitivos, ostras e tudo.

Ela pegou uma e engoliu.

"Nada?", ele perguntou, meio brincando, esperando que por alguma mudança milagrosa de eventos, a pequena mordida provocasse uma resposta imediata e visceral dela.

Ela sorriu. "Talvez eu seja imune a ostras".

Imune a ostras, mas não a ele. E ele tinha que mostrar a ela, mesmo que ele não pudesse tocá-la primeiro. "*D'accord.* Embora aqui estava eu, tolamente esperando que você cumprisse sua promessa de pular no meu colo".

"Isso nunca foi uma promessa".

"Não. Apenas um desejo. De nós dois".

Ela respirou fundo, e ele notou o ligeiro salto da veia em seu pescoço macio. O desejo se agitou em seu corpo, seu pênis se contraindo, e uma onda de sangue correu para o sul. Ele brincou com a haste do copo, passando o dedo longo para cima e para baixo, desejando que fossem suas costas nuas. Ele adoraria depositar beijos no ombro dela e depois descer. Alguns seriam rápidos e castos, outros, de boca aberta e molhados.

"Em que você está pensando?", ela perguntou, sua voz rouca.

"Como eu quero que você chegue perto de mim. Para que eu beije seus lábios sensuais... discretamente para que os outros não percebam, passe meus dedos pelo seu corpo, até encontrar sua *chatte*. Sua... xaninha", ele disse, arrastando a última palavra. "Então, eu deslizaria meus dedos para dentro e te provocaria, lentamente no início, mas então, quando eu visse a necessidade em seus olhos, o rubor em seu rosto, eu saberia que é hora e moveria mais rápido."

Ela inclinou a cabeça, como se registrasse cada palavra que ele disse. "E depois?".

"Eu apertaria seu clitóris, e isso levaria você ao limite".

"E depois?".

"Nós iríamos ao banheiro. Você primeiro, depois eu em seguiria", disse ele em voz baixa, lutando para recuperar o fôlego. "Eu entraria e íamos transar no balcão. Eu viraria você, de frente para o espelho. Eu tiraria sua camisa, para que eu pudesse ver seus seios e apertaria os mamilos. Eu deslizaria meus dedos em sua boca, para que você pudesse provar a si mesma — o que eu comeria mais tarde".

Ela separou os lábios, uma expressão de surpresa cruzando seu rosto, então puro desejo faiscou nas manchas douradas de seus olhos. Suas pupilas dilataram ainda mais, e ela balançou a cabeça para frente em concordância, seu corpo já concordando com o que seus lábios não fariam. Ou fariam?

O garçom voltou com um sorriso amigável no rosto. "Como estão seus aperitivos? Já decidimos o que mais queremos?".

Luc se inclinou mais perto, seus olhos perfurando os dela. "Decidimos?".

Kira entregou o cardápio ao garçom. Ela escolheu a primeira coisa que viu e esperou que seu estômago concordasse. A verdade era que as palavras impressas haviam dançado na página, seu campo de visão ainda embaçado e o senso comum enevoado, pelo gráfico passo a passo que Luc a havia traçado apenas alguns minutos antes.

O ardor alimentou suas terminações nervosas, e uma sensação de nervosismo tomou conta dela. Não importa quantas vezes ela se mexesse na cabine, ela simplesmente não conseguia ficar confortável.

Deus, como parar isso...?

"Hoje à noite", ela deixou escapar, seu cérebro trabalhando horas extras para alcançar seus lábios. "Faremos sexo hoje à noite", disse ela em voz mais baixa, olhando ao redor para se certificar de que ninguém os ouviu.

"Por que não agora?".

"Como você acabou de descrever tudo tão bem, eu odiaria tentar imediatamente e ficar desapontada", ela mentiu. Ela não faria isso agora porque, bem, primeiro, eles estavam em público e, segundo, ela precisava de tempo para processar o fato de que ela não apenas concordou em fazer sexo com ele, mas propôs que fizessem isso mais tarde. Ela precisaria do resto do dia para acalmar seus nervos.

Seu sorriso perverso enviou um arrepio sobre sua pele. "Oh, eu garanto a você, você nunca ficará desapontada quando se trata de *pour baiser*".

"Isso soa sujo".

"Eu vou te mostrar... hoje à noite".

Seu estômago vibrou. Ela não podia esperar.

"Ei. Tudo certo?", Poppy perguntou quando ela abriu a porta.

Kira correu para o apartamento que elas dividiam, sentindo falta de suas duas melhores amigas. "Onde está Billie?".

"Ah, ela está no trabalho. Cheguei em casa cedo, então quando você me mandou uma mensagem, eu disse para você vir".

Ah, os benefícios de ter acesso ao carro da empresa e motorista... Ela terminou o trabalho mais cedo e mandou uma mensagem para a prima. Ela precisava de algum conselho, algum bom senso, mesmo que ela estivesse nervosa em dizer em voz alta, para outra pessoa, que ela estaria transando com o homem que ela deveria manter distância esta noite.

Kira se jogou no sofá, levantando os sapatos e querendo relaxar. Ela estava em casa. Ela poderia ser ela mesma aqui – com sua família. Ela não precisava fingir nada. Não ser atraída, não ser irritantemente fascinada por Luc. Não ser uma idiota prestes a se envolver com um homem muito mais experiente que ela.

"Só senti falta de vocês", ela disse com uma nostalgia em sua voz como se ela estivesse longe delas por anos ao invés de dias. "Porque tudo aconteceu tão rápido".

"Você se arrepende de ter se casado?", perguntou Poppy. "Porque se você fizer isso, eu não te culpo. Eu aprecio você arriscar seu pescoço por mim, mas...".

"Não é isso, Poppy. Por favor pare. Não me arrependo de ter casado com ele. Estar perto dele diariamente, porém, é... difícil. Só estou preocupada de ter mordido mais do que posso mastigar", disse ela. Ela decidiu dormir com Luc, sim, mas isso seria apenas a linha de partida de seu atalho para um coração partido? E se ela se apegasse a ele, mais do que pretendia? Seu estômago se contraiu, um gosto ácido na parte de trás de sua garganta. "Luc é tão...".

"Gostoso? Rico? Charmoso?", Poppy disse, batendo seus cílios impossivelmente longos.

"Sim. Tudo isso. E se eu me envolver emocionalmente e ele se cansar de mim?". Ela não conseguia expressar sua real preocupação. E se ela fosse péssima na cama e ele a fizesse se sentir uma merda? Ou a evitasse no dia seguinte? Ou pior, encontrasse outra pessoa para levar para a cama, mesmo tendo uma cláusula que o proibia estritamente de fazê-lo?

"Kira. Isso será impossível".

"Por quê? Andrew me traiu. E Luc está acostumado com todos os tipos de mulheres...". Mulheres muito mais glamorosas do que ela, mulheres de seu mundo.

"Andrew é um idiota do caralho", disse Poppy, raiva em sua voz. "E honestamente, Shelby não é muito melhor. Ela é sua irmã. Você fez tudo o que podia por ela... e ela traiu a sua confiança mais de uma vez".

Kira olhou para o tapete. "Eu sei". Ela suspirou.

"Você é uma mulher inteligente, engraçada e carinhosa, com tanto para dar à pessoa certa", disse Poppy, com um lindo sorriso nos olhos. "Nunca pense menos de si mesma".

"Graças a você, eu nunca vou".

Poppy a abraçou, um lembrete de quem sua verdadeira irmã tinha sido por todos esses anos. Ela, Poppy e Billie eram o trio com vínculo inabalável. Agora, mais do que nunca, ela estava grata por isso. Se Luc conseguisse partir seu coração, ela teria o apoio de suas primas. Ela sairia bem disso tudo. "Que bom".

CAPÍTULO 8

Kira olhou para seu reflexo no espelho. Nos últimos trinta minutos, ela estava escovando o cabelo obsessivamente. Bem, o que mais havia para fazer? Ele mandou uma mensagem para ela duas horas atrás dizendo que se atrasaria.

Ela olhou para o relógio. Oito horas.

Ela tinha feito um lanche mais cedo, depois de muito debate. O sanduiche de queijo e peru lhe daria forças antes do que ela imaginava ser uma intensa sessão de sexo com o marido, ou a faria parecer inchada logo antes da referida sessão?

Ela tocou o roupão de seda que estava usando.

Que ideia estúpida.

Esse negócio de jogo de sedução realmente era trabalhoso. E a antecipação... Ela pensou que seria uma coisa boa, mas não, acabou saindo pela culatra. Ela deveria ter feito sexo com ele no restaurante e acabado com isso. Mais prático.

Ele estava atrasado e tinha uma desculpa verdadeira, ou ele usou isso como um jogo de poder? Ela tinha visto executivos fazerem isso em reuniões importantes – para mostrar a seus oponentes ou colegas que seu tempo era mais importante que o dos outros.

Ela revirou os olhos. Ele estava brincando com ela?

O que mais ela poderia esperar de um homem como Luc? Aparentemente, ele foi direto quando disse a ela que a queria, mas muito provavelmente ele estava brincando com ela.

Um nó de uma velha insegurança se alojou em sua garganta, e ela podia sentir alguma tristeza brotando por dentro. Por tantos anos, ela sempre foi a segunda escolha de seus pais. Sentia-se assim, de qualquer maneira – e eles não exatamente a fizeram acreditar no contrário.

Ela colocou a escova de lado.

Poppy tinha feito sua maquiagem, traçando com o delineador o de olho de gato em seus olhos. Ela alcançou os lenços de remoção de maquiagem e pegou um. O melhor seria limpar toda essa porcaria do rosto dela, encerrar a noite e ir para a cama. Ela podia lidar com a decepção, mas esperar por alguém que não dava a mínima para seus sentimentos era demais.

Ela levou o lenço até o olho e removeu aquele formato de olho de gato perfeito e impecável. A raiva enrolou em seu estômago, afundando-o no chão. Ela não tinha certeza se estava mais brava com ele por ter furado com ela, ou consigo mesma por acreditar que eles teriam uma ótima noite.

Com precisão cuidadosa, ela limpou o rosto da maquiagem.

Lágrimas se formaram no canto de seus olhos, mas ela se recusou a deixá-las escorrer por suas bochechas. Em vez disso, ela fechou os olhos e pressionou o lenço nas pálpebras, respirando fundo, desejando nunca ter tido essa ideia estúpida de se soltar esta noite.

Uma batida na porta interrompeu os seus pensamentos, e ela olhou para a entrada de seu quarto.

"Kira?", ele perguntou e antes que ela respondesse, ele abriu a porta, entrando.

"O que aconteceu?", ele quis saber, seu olhar viajando para o rosto dela.

Ela ergueu o queixo, em uma tentativa de ganhar vantagem. "Nada. Mudei de ideia sobre esta noite".

"Você mudou de ideia".

"Sim. Tenho direito. Então, se você quiser sair e fingir que isso nunca aconteceu...".

Ele girou nos calcanhares e saiu do quarto dela.

Uma mistura de surpresa e raiva ferveu dentro dela. Ela não esperava que ele simplesmente fosse embora e nem mesmo se desculpasse ou lhe desse uma desculpa esfarrapada sobre o motivo do atraso. Ela tinha acesso à agenda dele, ele não deveria esquecer.

E com a sorte deles, se ele pisasse nela, chegaria aos jornais.

Ela empurrou o lenço de lado e deu uma olhada no espelho. *Merda*. Por que ela não o repreendeu enquanto ainda estava com a bela maquiagem e não parecia um panda, com os anéis do delineador preto ao redor dos olhos da maneira menos lisonjeira?

Ela ouviu passos vindo em sua direção, e quando ela levantou o olhar, ela o viu no meio de seu quarto, uma garrafa de vinho tinto na mão.

"O que você está fazendo?".

"Achei que precisaríamos disso", disse ele, pegando um abridor de garrafa de vinho do bolso. "Desculpe, perdi a hora".

Ela levantou a mão para impedi-lo de dizer o que ele achava que ela precisava ouvir. "Você não precisa...".

Ele abriu o vinho tinto, então colocou o abridor em sua cômoda e deu um gole de vinho na garrafa. "Posso confiar em você?".

Ela deu de ombros. Aonde ele estava indo com isso? "Tanto quanto você confiaria em qualquer outra esposa falsa. Por quê?".

"Minha mãe. Eu não falo sobre ela com frequência".

Ele quase nunca mencionava sua mãe. Ela sabia que ela morava na França e que estivera doente no passado, mas era só isso. Eles nunca falavam muito sobre coisas pessoais, então ela se absteve de se aprofundar nesses tópicos. "O que aconteceu?".

Ele esfregou sua têmpora, então se sentou na beirada da cama dela. "Foi a enfermeira dela que ligou da França. Ela me liga para me dar atualizações", ele disse, e ela detectou uma nota de exaustão em sua voz. "Estou planejando uma viagem para ver como ela está".

"O que há de errado?", ela perguntou, balançando a cabeça, esperando encorajá-lo a continuar falando.

Ele desviou o olhar dela e tomou outro gole do vinho. "Ela está doente há um tempo. Ela fica confusa, e os horários, as datas e as pessoas ficam confusos em sua mente... na maior parte do tempo". Ele fixou o olhar na parede e, embora estivesse sentado em uma cama segurando uma garrafa de vinho, tudo em sua postura falava de desconforto. A forma como seus ombros enrijeceram em sua camisa, esticando o tecido. A veia em seu pescoço, saltando.

Deus, isso não tinha sido sobre ela. Ele não esqueceu o compromisso com ela porque tinha saído com alguém novo, ou para brincar com os sentimentos dela.

Ela se levantou e caminhou até ele, então se sentou ao lado dele. "Oh, sinto muito". Ela tocou seu cotovelo, e ele finalmente olhou para ela novamente, como se estivesse perdido em pensamentos.

"Obrigado. Minha mãe é a única família que me resta, mas sinto que a perdi há muito tempo".

Ela pegou a garrafa de vinho da mão dele e provou. O conteúdo vermelho desceu por sua garganta deixando um sabor rico e complexo com um final seco. "Minha avó teve demência... foi difícil para nós. Não consigo nem imaginar como você se sente em relação à sua mãe", disse ela, lembrando-se de sua doce avó Caroline e de como ela valorizava os momentos que passaram juntos. E desejou que tivessem durado mais. Muito mais tempo.

"Um pouco perdido".

"Eu sinto muito".

"Você não pode dizer isso de novo", disse ele, um fantasma de sorriso dançando em seus lábios. "Em vez disso, me diga algo sobre você".

Ela mordeu o lábio inferior. O que ela poderia dizer a ele que equivaleria a perder a mãe, pouco a pouco? *Nunca os ter tido completamente*, uma parte escura dela sussurrou. Seu peito apertou por um momento, e ela se perguntou se deveria compartilhar isso com ele. Então, antes de perder a coragem, ela disse: "Eu me senti perdida durante a maior parte da minha infância. Um pouco fora do lugar".

Ele pegou a garrafa de vinho dela e tomou um gole. "Por quê?".

Ela colocou uma mecha de cabelo atrás da orelha. "Minha mãe engravidou de mim para usar minhas células-tronco desde que minha irmã mais velha, Shelby, na época com 6 anos, tinha câncer. Por muito tempo me senti como se fosse a segunda escolha. Como se eu não pertencesse, sabe?", ela disse, a dor batendo nela novamente enquanto ela derramou essas palavras em voz alta.

Ele pegou a mão dela e deu um aperto reconfortante que energizou todo o seu ser. "Eu sinto muito. Isso não é justo".

"Sou grata por sempre ter tido Poppy e Billie. Sempre contamos umas com as outras", disse ela, sorrindo para si mesma. Ela não podia comparar sua infância com a dele. Mesmo que ela se sentisse deslocada, ela sabia que seus pais a amavam. Eles a amavam tanto quanto Shelby, ou eles demonstravam tanto? Não. Mas, eles cuidaram dela e cuidaram de seu bem-estar. "Você tem algum primo?", ela perguntou, disposta a retomar a conversa sobre ele. Ela também conseguiu soltar suas mãos das dele, pois o calor que irradiava do toque a distraiu de uma forma que não foi nada útil.

Ele olhou para suas mãos. "Alguns distantes, mas nada como o vínculo que você compartilha com as suas. Estou feliz que você teve Billie e Poppy. Sentir que você não pertence é o pior. É assim que eu me sinto com meu pai", ele disse, então quando os olhos dela encontraram os dele, ela viu uma pitada de surpresa em sua expressão, como se ele não tivesse a intenção de compartilhar tanto. A ferida de seu pai não estar lá para ele ainda estava dolorosamente recente.

"Vocês dois têm muitos anos para recuperar o atraso". Anos que ela esperava que tratassem e curassem as feridas que ambos carregavam.

"Verdade", disse ele, então suspirou e estudou seu rosto. Seu olhar viajou de seus olhos para sua boca e então bochechas, lenta e languidamente como uma carícia. "Espera. Por que você estava chorando? Quando entrei. Recebeu más notícias? Eu perdi alguma coisa?".

"Ah, isso...". Ela limpou a garganta. Uma corrente de constrangimento a percorreu. Ela poderia mentir, mas eles compartilharam tanta honestidade que ela não poderia manchar a troca tentando ficar por cima da carne seca. *Tarde demais para isso, de qualquer maneira.* "Eu sou uma idiota. Eu presumi que você mudou de ideia e simplesmente me deu o pé na bunda, eu estava chateada com você".

"O quê? Não. Eu tenho meus defeitos, mas nunca desapareceria sem dizer uma palavra".

"Obrigada". Ela colocou a garrafa de vinho no chão e depois se sentou mais reta na cama. "... Eu pedi a Poppy para fazer minha maquiagem. Ela é ótima com essas coisas... e então eu removi. Mas eu juro que parecia muito estilosa antes. E não apenas como um guaxinim bêbado".

Ele tocou sua bochecha, então sua mão delineou a área que ela tinha certeza que ainda estava manchada com os restos de maquiagem. "Eu nunca soube que guaxinins eram tão sexy".

Ela se fez de tímida e desviou o olhar, mas quando seus olhos encontraram os dele novamente, uma necessidade intensa enrolou na boca do estômago. *Droga...* Ele enganchou o dedo sob o queixo dela, levantando-o, e o brilho de desejo em seus olhos só ficou mais forte. Ela queria este homem, e pior do que isso, ela precisava dele.

Ela confidenciou a ele do jeito que ela nunca confiou em um homem antes. Ele já a tinha visto nua, mesmo que ela ainda estivesse vestida. Ela desnudou sua alma para ele. E aparentemente... ele fez o mesmo com ela.

Ela poderia confiar nele? Ela tocou seu peito e as batidas rápidas de seu coração lhe deram a resposta que ela estava procurando. Como ela não poderia? Talvez fosse o vinho, ou a forma como a noite se desenrolava... mas isso, estar com ele, parecia certo.

Ele baixou a cabeça e baixou os lábios nos dela, prendendo-a em um beijo que superou qualquer sombra de dúvida. Fortalecida, ela circulou os braços ao redor de sua cabeça, e logo, ele a puxou para seu colo. Uma bolha de calor os sugou, e ela enrolou as pernas em volta da cintura dele.

Ele intensificou o beijo, sua língua acariciando a dela com audácia e confiança. Ela mordeu seu lábio inferior, ganhando um gemido sexy dele. Quando ela se mexeu em seu colo, ela sentiu seu pênis duro como pedra, e uma lasca de antecipação a percorreu, aquecendo todas as suas terminações nervosas.

"Je veux te foutre", ele disse em francês.

"O quê?".

"Eu quero te foder", disse ele.

"Sim", ela disse em resposta.

Ele a deitou no colchão e a observou com um longo e demorado olhar. Então, ele tirou a camisa e a jogou no chão. Um calafrio chiou de cima a baixo, e ela mordeu o lábio inferior.

Droga. Ela viu seu corpo fenomenal. Seus ombros eram ainda mais largos na carne, seu peito largo e com os tipos de músculos que a faziam querer tocar, passar as mãos sobre aquelas cristas e ângulos duros.

Quando ela piscou de seu transe de completa apreciação masculina, ela percebeu que ele estava fazendo a mesma coisa com ela. Seu olhar rasgou dela e desceu para seus lábios, então seu pescoço, agora exposto como seu roupão se abriu um pouco quando ele a colocou na cama. Seus mamilos enrijeceram sob a camisola de seda, e um formigamento correu sob sua pele.

Arrepios subiram em seus braços, e um gemido inesperadamente escapou de seus lábios.

Ele a empurrou na cama até que seus pés tocaram a borda. Então, ele se inclinou sobre ela, e ela se apoiou nos cotovelos, certa de que ele a beijaria. Ela abriu a boca, sua cabeça balançando em um torpor de luxúria.

Ele beliscou seu queixo, e pequenos arrepios correram descontroladamente por sua espinha, eletrizando seu couro cabeludo, deixando-a louca. Ela sentiu como se pudesse derreter em uma poça e deslizar para fora da cama.

Ele abaixou a bainha de sua camisola e colocou um de seus seios em sua boca. Ele passou a sua língua em seu mamilo, então chupou seu seio. Com a mão livre, ele separou as pernas dela, encontrando o pedaço de renda que cobria seu sexo.

Faíscas de excitação passaram por seu corpo. Seu creme feminino cobria suas dobras, o sangue começando a ferver. Quando ele se atrapalhou com seu fio dental, ela olhou para baixo e encontrou seus dedos ligeiramente trêmulos, as pontas tocando sua pele onde o lado de sua calcinha tocava.

Seu coração pulou uma batida, então conseguiu flutuar em sua garganta e pulsar em seus ouvidos de uma só vez. Ele estava nervoso? Ele, o comedor internacional? A ideia a o tornou mais querido para ela, mais do que deveria, e a mesma sensação que ela teve antes, de derreter, de amolecer, de pertencer, a acariciou novamente. "Deixa eu te ajudar", ela ofereceu, emoção crua quebrando em sua voz.

Ela levantou os quadris, e ele deslizou seu fio dental, cada centímetro deslizando por suas pernas deixando um pedaço de consciência para trás. Ele colocou sua calcinha na cama e separou suas coxas. Uma corrente de ar frio rodou ao redor do seu sexo, contrastando com o calor que crescia por dentro.

Exposta. Ela nunca teve um homem estudando seu sexo tão descaradamente, com reverência até. Ela também não teve confiança para perguntar se ele gostou do resultado de depilação que ela havia feito, com uma tira fina no meio.

Seu olhar se fechou para o dele, e no momento em que seus olhos se encontraram, sua temperatura interna subiu como se ela tivesse saído de uma montanha-russa. Sem quebrar o contato, ele se abaixou até posicionar a cabeça entre as coxas dela. Será que ele iria...

Ele deu um beijo de boca aberta na região entre as suas pernas, e ela assobiou, jogando a cabeça para trás, não conseguindo mais olhar para ele.

"Luc...".

Gemendo, ele passou a perna esquerda por cima do ombro e enfiou a língua nela. A luxúria em brasa fluiu através dela de cima a baixo, suor escorregando em seus membros. Ele enganchou as mãos sob sua bunda, trazendo-a ainda mais perto dele, segurando-a como se ela estivesse em uma bandeja, e ele estava faminto.

Ele passou a língua entre as dobras dela, roçando os dentes nela, então chupou seu clitóris. Espasmos de êxtase começaram a crescer dentro dela. Ela contraiu seus quadris, os ondulou, desesperada para encontrar uma liberação. Sua ânsia só o encorajou, fazendo com que ele intensificasse os golpes, e no momento em que ele inseriu os dedos em seu sexo, ela perdeu o controle.

Novas ondas de prazer a cavalgaram, uma após a outra, sua respiração irregular. Pelos cantos dos olhos ela viu pequenos pontos piscando como fogos de artifício, a sensação devastando seu corpo. Ela estremeceu, chamando seu nome, gemendo, os sons mais altos como se ela não se importasse se o prédio inteiro a ouvisse.

As ondas se transformaram em marés menores, mas a sensação de êxtase permaneceu com ela até o final do orgasmo. Quando ele se desvencilhou dela, suas coxas ainda tremiam, a racionalidade mal retornando a ela. Tudo o que ela queria era envolver-se neste homem, engarrafá-lo, abraçá-lo assim, nu e suado, e nunca o deixar se afastar.

Nunca?

Ela se engasgou, passada com o pensamento doido. A língua dele tinha o poder de afetar a capacidade cerebral dela? Ela lentamente soltou um suspiro, desejando relaxar. Quando ela abriu os olhos, ela o pegou olhando para ela com um sorriso de lábios fechados, o sorriso orgulhoso de um homem que sabia que tinha acabado de saciar uma mulher.

"Não fique convencido, docinho", disse ela, incapaz de resistir à oportunidade de provocá-lo, e, também, de dissipar um pouco da consciência sexual já reenergizada em seu núcleo.

Ele riu, um som caloroso como se não estivesse esperando que ela dissesse algo que o fizesse rir. "Ah, não se preocupe, estou apostando no prato principal".

Ele se levantou, em seguida, tirou as calças, e ela prestou muita atenção à forma como seu pênis saltou, duro e enorme, fora da cueca boxer preta.

Ele está sempre tão cheio de si, e agora eu sei o porquê. A energia do pau grande escorria dele, e como não poderia? Droga, ela queria ficar se lambuzar com essa energia. Uma parte dela já estava...

"Kira", ele a chamou, e a forma sexy com que ele pronunciou o nome dela adicionou outro ponto de desejo em uma escala que já estava estourando nas costuras. "Você está tomando contraceptivo?".

"Sim. Eu também estou... segura".

"Eu também", disse ele. "Dada a nossa cláusula, eu tenho que perguntar a você antes de seguir em frente... você quer isso?".

Ela engoliu. Tecnicamente, a cláusula era sobre ele nem mesmo tocá-la, e ele já tinha feito mais do que isso, com a bênção dela. Mas, ela sabia o que ele queria dizer, enquanto seus olhos procuravam os dela, suas íris cor de avelã brilhando com esperança. Ele estava dando a ela uma última chance de mudar de ideia.

Seu coração se encheu de calor, e, também, uma necessidade de agir de forma despreocupada, leve, atrevida. "Me coma, docinho".

CAPÍTULO 9

S uas palavras reverberaram através dele, cada uma fazendo seu coração bater em staccato.

Foda. Me. Docinho.

Ele poderia passar sem o apelido, no entanto, espere um momento, ele realmente gostou. Ela não ficou dando voltas e foi direto ao ponto. Agora, ele queria isso mais do que o ar que respirava.

Ele lambeu os lábios, o sabor doce dela permanecendo neles. Todo o seu corpo estava rígido, uma mistura de tensão e antecipação fluindo em ondas, indo em direções diferentes. Ele nunca tinha sido tão emocional com uma mulher antes... ou tão excitado assim, como se ele fosse morrer, literalmente morrer se ele não mergulhasse dentro dela rápido o suficiente.

Ansioso, ele cobriu seu corpo com o dele, extasiado pela emoção que cintilava em seus olhos castanhos dourados. Confiança. Ele reconheceu, mesmo que não pudesse retribuir. Ou ela confiava nele, ou era uma ótima atriz em fingir. Uma pontada de culpa se retorceu em seu estômago. Se ela confiasse nele, aqui, nua, poderia ser real? Ou ela estava promovendo sua missão de tomar conta dele, de dizer a seu pai se ele fizesse algum movimento errado?

Ela tocou o seu rosto, as pontas de seus dedos um sussurro acima de sua carne, enviando arrepios por sua espinha. Cada parte dele formigava com sua carícia, seu sangue pulsando em suas veias, grosso e quente.

Ele fechou os olhos por um momento, absorvendo aquele momento de ternura, surpreso com o quão suave ela o fazia sentir. Bem, macio internamente, porque externamente, ele estava prestes a explodir. Ejaculação borbulhou na cabeça de seu pau dolorosamente duro, a dica de que ele não podia esperar muito.

Quando foi a última vez que ele fez sexo sem camisinha? Ele nem conseguia se lembrar. Mas, agora, ele não podia imaginar isso de forma diferente. Uma necessidade visceral de ter cada gota dele dentro dela o assaltou, mesmo que ele não entendesse.

Gemendo, ele esfregou a ponta grossa de seu membro contra sua entrada, o contato o suficiente para trazer uma tentadora e eletrizante reação percorrendo seu corpo – e o dela também, ele suspeitava, enquanto ela gemia, estremecendo, inquieta. Carente.

E úmida. Ah, muito molhada.

Ela envolveu suas pernas ao redor dele, empurrando seus quadris para ele em uma oferta silenciosa.

Um choque de luxúria o percorreu. O tempo da provocação acabou. Ele empurrou seu pênis dentro dela, centímetro por centímetro, cuidadosamente no início, mas a sensação de ser tão confortavelmente recebido por suas paredes quentes e encharcadas amplificou seu desespero.

"Você é tão apertada, Kira. Nossa", ele disse baixinho.

"Isso é ruim?", ela perguntou em voz baixa, e ele não tinha certeza se ela estava sendo jocosa ou não.

Ele beijou o topo de seu nariz. A imagem de quão sexy ela parecia quando ele olhou para ela antes de comê-la ficaria para sempre impressa em seu cérebro. "É perigoso. E quente".

"Perigoso e quente. Como você".

"Um elogio, finalmente", disse ele, e para completar, enfiou até o fim.

Ela se engasgou, seus olhos se arregalando por um momento, o pulso em seu pescoço saltando.

"Você está bem?", ele perguntou, surpreso com a ternura e preocupação de sua voz. Ele sabia que a maioria das mulheres precisava de um momento ou dois para se ajustar ao seu comprimento e circunferência.

"Sim", disse ela.

Ele capturou seus lábios em um beijo que traçou caminho em sua alma e a devorou.

Suas paredes internas se agarravam a ele, apertando-o para que o sangue rapidamente saísse de seu cérebro, e se ele não estivesse tão determinado a tê-la, ele cederia à tontura nebulosa. Desesperado para manter o controle, ele persuadiu sua língua a se submeter, sempre um passo à frente.

Por fim, quando ele a sentiu relaxar seus membros, ele começou a se mover dentro dela, rolando os quadris, aprofundando sua estaca nela, então deslizando no meio do caminho. Ela separou sua boca da dele, sua respiração irregular, seus gemidos cortando o ar. Ela correu as unhas ao longo de seus ombros e braços, seu desejo por ela só aumentando. Seu intestino se apertou, e ele sabia que se ela não gozasse logo, ele gozaria.

Rosnando, ele deslizou a mão por seu sexo, seu polegar alcançando seu clitóris. Ele o sentiu vibrar, o feixe de nervos pronto para ser liberado.

Sua temperatura subiu, o coração prestes a galopar do seu peito. Ele rolou o polegar sobre seu clitóris, ganhando um longo gemido. Manchas de ouro iluminavam a profundidade complexa de suas íris marrons, encorajando-o a sacudir seu botão, trabalhar sem trégua, até que ela se rendesse. Mas foi a rendição dela ou dele?

Ela ondulava os quadris, contorcendo-se sob ele, chamando seu nome como se ele segurasse o mapa secreto de um tesouro não descoberto. Ele a fodeu, dentro e fora, cada vez um passo mais perto do êxtase, mas tentando se conter. Segurar nunca foi tão difícil.

"Tão bom", ela respirou. "Ah... estou perto... Quase", ela adicionou entre goles de ar.

"Venha, *mon amour*". Ele a incitou e trabalhou seu clitóris sem piedade. Ele deslizou para fora dela, em seguida, dirigiu-se para ela novamente, desta vez sem qualquer consideração pelo seu conforto, simplesmente tomando o que ele precisava.

Ele sentiu o momento em que outra camada de creme jorrou de suas dobras, suas coxas tremendo. Um tom de rosa cruzou seu rosto e pescoço, seus olhos brilhantes. Então, ele se soltou, afundando fundo e duro nela uma última vez, sua parte superior do corpo estremecendo, todo o seu ser em turbulência.

Ele derramou seu esperma nela, a evidência mais descarada e palpável de seu orgasmo. Então, ele caiu em cima dela, rolando para o outro lado da cama e levando-a com ele, enquanto suas pernas se enredavam, o suor pegajoso de seus corpos colando-os. As consequências do ato de amor ainda se processavam em seu cérebro, em seu coração, em seu corpo. Ele sentiu suas pálpebras ficarem pesadas, seu próprio mecanismo de defesa para não confessar uma verdade que ele estava com medo de admitir, mesmo que apenas para si mesmo.

Kira sentiu uma sensação de formigamento ao longo da

curva de seu pescoço. Sem abrir os olhos, ela cantarolou, absorvendo o calor, o arrepio delicioso percorrendo-a. Então, um golpe de língua perto do lóbulo de sua orelha.

Ela abriu os olhos, surpresa e ferozmente excitada. Ela estava deitada de lado, e o homem que tinha feito sexo com ela horas atrás estava atrás dela, uma circunstância da qual ele estava usando para sua completa vantagem.

"Luc...", ela disse, sua voz sumindo quando ele traçou sua língua ao longo de seu pescoço, então esticou o braço sobre ela, sua mão gananciosa agarrando um de seus seios e segurando-o. Um tiro de excitação disparou direto para o seu sexo, seu creme escorregando em suas dobras. "Oh, Deus, não pare", disse ela, e ele fez um movimento circular ao redor de seu mamilo até que o botão apertou dolorosamente, uma agitação quente fervendo atrás de seu esterno.

Quando ele beliscou o lóbulo de sua orelha, ela se contorceu, ondulando seus quadris contra os dele, amando o quão duro ele já estava contra sua pele.

Ele falou em francês, sua voz baixa e profunda, enviando arrepios pela espinha dela. Então, ele pegou seu mamilo entre o polegar e o dedo indicador, apertando-o apenas o suficiente para ganhar um gemido que parecia não ter fim.

Ele então levantou seus quadris e separou levemente suas coxas, e começou a fodê-la de lado, enquanto sussurrava o que ela imaginava serem as palavras mais sujas em francês, e brincava com seus seios, amassando-os, depois apertando. Uma torturante mistura de dor e prazer, ele segurava seu seio e apertava o mamilo, então quando ele latejava em sua palma, ele o soltava, massageava, como o pós-tratamento de uma sessão de BDSM, apenas para começar tudo. Mais uma vez.

O que ele está fazendo comigo?

Ele empurrou seu pênis duro nela, com estocadas rasas e rápidas, cada vez deixando-a querendo mais.

"Mais", ela implorou, sua voz crua. "Mais".

"Você é tão sexy, Kira", disse ele, beijando sua bochecha. Então, ele deu a ela o que ela queria, empalando-a com estocadas profundas e dolorosamente duras que roubaram seu fôlego. "O jeito que você se move e o jeito que você respira... eu poderia te ter para sempre".

Suas palavras a levaram ao limite, e ela explodiu em um orgasmo que a sacudiu de cima a baixo.

Então, ele se liberou dentro dela, enchendo-a, entrelaçando suas mãos com as dela. Seu coração fez números acrobáticos em seu peito, e ela se sentiu mais sintonizada com ele do que com qualquer outra pessoa. E isso era um grande problema.

CAPÍTULO 10

"O Senhor Montague estará pronto em um minuto", disse Claire, a eficiente assistente de trinta e poucos anos, e Kira se sentou no sofá na elegante sala de espera que levava ao seu escritório.

Kira entrelaçou os dedos em um esforço vão para acalmar seus nervos. Por que ele ligou para ela? Desde que ela se casou, ele não a chamou, o que ela apreciou.

Uma semana antes, ela e Luc começaram a fazer sexo... o que só estragou o plano original. Claro que o Sr. Montague não precisava saber sobre sua intimidade.

E se ele souber? A vergonha inundou suas bochechas. Não. Não havia como ele saber ou se importar, embora ela duvidasse que ele quisesse que ela se aproximasse do... O que era Luc? O inimigo? O sujeito? A marca?

Nós se formaram em seu estômago. *Merda.* Dormir com ele complicava tudo, mas ela não podia voltar agora. Não tinha certeza se viver com ele e não transar com ele era possível.

Eles tinham uma agenda lotada de reuniões, com ele aprendendo sobre como a equipe de tecnologia de seu pai fazia as coisas e depois fazendo planos para mudar algumas práticas para melhorar a segurança e a produtividade. Porém, quando chegavam em casa, muitas vezes não passavam pelo saguão.

Ele a empurraria contra a parede e a comeria, depois a pegaria novamente e a levaria para o chuveiro ou para a cama. Eles não falavam muito sobre coisas pessoais, e ela gostava assim. Ela já o estava deixando muito perto fisicamente, sua atração um pelo outro muito forte para ignorar. A última coisa que ela precisava era entrar mais fundo.

"Ele está pronto", disse Claire, com um sorriso.

"Obrigada", disse ela, e entrou no grande escritório com uma vista deslumbrante da cidade.

"Olá, Sr. Montague, você queria me ver?", ela disse.

Ele ergueu o olhar da tela do computador e assentiu. Atrás dela, a assistente fechou a porta e saiu. Então ele se levantou, fazendo um gesto para que ela se sentasse, e só depois que ela se sentou na cadeira em frente a ele, ele fez o mesmo. "Sim. Como você tem estado?".

"Bem, obrigada". Ela alisou as mãos para baixo de sua saia. "Você?", ela perguntou, sentindo-se boba. Ela deveria tratá-lo como seu chefe? Ou seu sogro falso? Às vezes, ler o Sr. Montague era mais difícil do que escolher um livro em uma língua estrangeira.

Ele inclinou a cabeça. "Bem. Você notou alguma coisa, hum, que valha a pena mencionar sobre meu filho no tempo que você está morando com ele?".

"Hmmm...". Ela deu um tapinha no queixo. *Sim. Sr. Montague, o homem beija como ninguém. E o jeito que ele me toca lá embaixo...* O calor queimou seu interior. "Bem, ele tem esse hábito irritante de brincar com a caneta quando você está falando com ele. Malha como se ele estivesse treinando para um triatlo. E ele bebe muito café e...".

"Quero dizer...". Ele limpou a garganta, então deu a ela um olhar aguçado. A apreensão vibrava em seu sangue. Havia algo que ela não estava captando? "Você já ouviu falar de Samantha Fraser?".

Uma sensação de frio rapidamente substituiu o calor de um segundo antes. Ela travou sua coluna no lugar, seu cérebro tomando notas mentais. "Eu não a conheci pessoalmente, mas a vi em um evento, sim".

"Ouvi dizer que meu filho tem falado com ela".

"Conversando?". Ela piscou. Como assim? Quando? Ela trabalhava ao lado do homem, e sempre que ele não estava trabalhando, ele estava com ela. Claro, ele se exercitava na academia do prédio, mas ela duvidava que ele tivesse escapado então... Ou foi? O homem tinha músculos. Ele tinha que treinar para mantê-los, certo? Seu estômago embrulhou, e ela se obrigou a manter seu rosto neutro. Deixar o Sr. Montague saber que eles dormiram juntos só pioraria as coisas agora.

"Sim. Ele a conheceu em uma festa. Ele mencionou alguma coisa para você?".

"Ele mencionou sobre querer comprar uma propriedade dela. Um duplex no Central Park que ainda não está no mercado".

"Tudo bem. Deixe-me saber se você ouvir mais alguma coisa".

"Talvez se você for mais específico, eu possa ajudar. O que você está insinuando? Que eles estão tendo um caso?", ela perguntou, odiando-se por desejar que não fosse verdade. E se ela não estivesse vendo todos os sinais?

"Não tenho certeza sobre a natureza do relacionamento deles. Não posso dizer mais, mas minha preocupação é mais... relacionada aos negócios".

"Oh". Alívio derramou através dela, de cada fibra. Ainda assim, o que ele quis dizer com negócios? Ele também estava interessado no mesmo duplex? "Eu entendo".

"Não que eu esteja feliz com Luc já tendo um caso, já que as notícias finalmente se acalmaram".

Nem eu. "Claro". Ela relaxou um pouco os ombros, afrouxando os músculos. Nenhum escândalo internacional em seu futuro próximo. Boa. "Por que você não pergunta a ele? Você já tentou falar com ele?".

Ele balançou para trás em sua cadeira, balançando a cabeça mais para si mesmo do que para ela. "Não é tão fácil, Kira. Você não desaparece da vida de seu filho durante a maior parte de sua existência, então espere respostas honestas. Leva tempo".

"Como você pôde ter desaparecido? Você nem sabia que ele estava vivo até aquele jornalista aparecer", ela disse, mas então, quando ela percebeu, sua voz perdeu energia.

Essa foi a história que eles contaram à mídia. Não a verdade. *Qual é a verdade?*

O coração dela apertou no peito. Ela queria fazer mais perguntas, saber o que realmente aconteceu, mas a expressão séria no rosto do Sr. Montague a impediu de investigar.

Não admira que Luc não parecesse tão interessado em seu pai. Ele provavelmente se ressentia dele e carregava muita dor. Pobre Luc.

"Tenho certeza de que meu filho vai te dar os detalhes. Achei que podia confiar em você".

Confiar nela? As sobrancelhas de Kira se uniram. Talvez isso fosse um teste – talvez ele a estivesse testando e não dizendo a razão pela qual Samantha Fraser era importante ainda. Ele contaria a ela esse boato pessoal e veria o que ela faria com isso. Embora, o que ela poderia? Ela assinou um contrato de confidencialidade. Ela precisava do Sr. Montague muito mais do que o contrário.

"Você pode, claro. Eu vou deixar você saber se ele mencionar ela novamente".

"Excelente. Quero que você fique de olho no Luc nas próximas semanas".

"Isso não será um problema", disse ela, sem sombra de dúvida.

"Sinto muito, Sr. Beauford, mas preciso estar com meu pai durante esse tempo", disse a enfermeira do outro lado da linha.

Luc olhou para o telefone e esfregou as têmporas. *Merde*. A enfermeira-chefe de sua mãe tinha acabado de ligar para ele para dizer que ela precisaria tirar os próximos dias de folga inesperadamente, pois seu próprio pai idoso havia caído em sua casa e estava no hospital.

A enfermeira Aurelie era quem estava com a mãe dele desde o início do declínio de sua saúde, sempre cuidando de tudo e cuidando dela.

"Eu entendo. Quem irá substituí-la quando você se for?".

"Eve está fora da cidade, então eu já estava a substituindo. A outra enfermeira, Margarite, pode ficar, mas liguei para a agência e pedi que enviassem outra pessoa para reforço. Margarite não pode ficar com ela o tempo todo, já que ela tem seus próprios filhos".

"*Maman* não se dá bem com novas enfermeiras".

"Madame Hélène não", disse Aurelie, suspirando ao telefone. "Eu sinto muito".

"Está bem. Olha, vou chamar meu piloto e vou voar hoje à noite", disse ele. "Conheço algumas de suas peculiaridades, então posso garantir que a transição com a nova enfermeira seja tranquila". *Ou tão suave quanto pode ser*, ele disse a si mesmo.

"Tem certeza?".

"Sim. Vou mandar uma mensagem quando estiver embarcando", disse ele, depois desligou o telefone.

Na verdade, uma viagem ao exterior era a última coisa que ele precisava agora. Isso atrasaria seus planos e ele teria que reorganizar sua agenda. Entretanto, ele não seria capaz de dormir nas próximas noites sabendo que sua mãe não estava bem.

O engraçado sobre a demência era que ela nem sempre se lembrava das enfermeiras, mas com certeza não gostava de caras novas. Ele consideraria mudar sua mãe com ele para os Estados Unidos, mas ele não queria que ela tivesse que se adaptar a um novo ambiente, novas pessoas e deixar seu amado lar. Seus arredores. Se conforto fosse a única coisa que ele poderia proporcionar a ela, ele faria tudo ao seu alcance para dar a ela.

Ele conectou seu laptop, mandou uma mensagem para o piloto e fez uma anotação mental de algumas coisas para pegar em casa, antes do voo. Quando Kira entrou em seu escritório, ele respirou fundo. Ele precisava dizer a ela também.

"Tudo certo?", ela perguntou, entrando com uma pasta de arquivos.

"Sim. Não. A enfermeira da minha mãe teve uma emergência, então vou precisar voar para a França por alguns dias, para garantir que tudo corra bem com a contratação de uma nova enfermeira".

"Mesmo? Quando?".

"Eu mandei uma mensagem para o piloto. Ele ligará para o aeródromo e verificará com a manutenção, então estou pensando em algumas horas". Isso também lhe daria tempo para cuidar do que precisava antes de partir. "Vou dizer ao meu pai que precisava verificar um assunto urgente de negócios", disse ele. Ele não mencionou sua mãe, pois ela geralmente estava ausente dos lábios de seu pai. Quanto a Luc, ele temia que se eles se aprofundassem nisso, ele revelaria seus sentimentos e estragaria sua vingança.

"OK. Vou avisar o assistente dele. Só preciso fazer as malas".

"Você não precisa vir".

Ela mudou seu peso de um pé para o outro, seu olhar varrendo a sala, então pousando nele. Ele a chateou? "Acabamos de nos casar. Nunca tivemos lua de mel. Você não acha que vai ser estranho se você viajar para Paris sem mim?".

"Esta não será uma viagem romântica".

"Mas o público não sabe disso. Pode ser mais fácil se eu for junto. Eu não tenho que conhecer sua mãe se você não quiser. Mas você quer paparazzi respirando no seu pescoço porque eles estão tentando dar a notícia de um possível caso?".

Ele estalou os dedos. Ela tinha razão. Se ele chamasse a atenção para si mesmo, seria pior. Não só ela era sua esposa, ela ainda era sua assistente. Como ele poderia viajar para uma viagem de negócios sem um assistente? "Você está certa".

"Serei super discreta".

"Você ainda não está cansada de mim?", ele disse, adicionando um tom de brincadeira à sua voz.

"Claro que estou, docinho. Estou pensando apenas no que é melhor para todo mundo".

Um sorriso puxou seus lábios. Sim, tê-la ao seu lado não seria nada ruim...

Doze horas depois, o motorista passou ronronando pelos portões da propriedade que havia comprado mais de uma década antes. Seu peito ficou apertado, como se um peso invisível estivesse sobre ele.

Toda vez que ele voltava para esta casa, a imagem de seu irmão inundava sua mente. O que diria Marcel se visse esta mansão, cheia de árvores e com um quintal muito maior do que dois meninos encrenqueiros sabiam o que fazer? A nostalgia passou por ele, seguida de tristeza. Seu irmão nunca conseguiu aproveitar os louros do trabalho duro de Luc.

"Este lugar é lindo", disse Kira, trazendo-o de volta ao presente.

Ela se sentou ao lado dele, vestindo uma camisa e um par de jeans. Ele a amava em roupas casuais, combinavam com sua atitude direta. Sem jogos. Claro, ela trabalhava para o pai dele, mas isso estava implícito. Um acordo não dito. Ele se perguntou se ela era honesta consigo mesma sobre isso.

Não trazer isso à tona era mais fácil – afinal, mesmo que ela não parecesse estar brincando, o fato dele sequer considerar falar com ela sobre isso mostrava o quão bobo ele deve ter se tornado. Que tolice.

Ela ofereceu a mão para ele, entrelaçando os dedos nos dele, e quando ele olhou para ela, ela deu um pequeno aperto. Em conjunto, seu coração apertou em seu peito, então flutuou até sua garganta e bateu loucamente. Algo sobre esse apoio silencioso desfraldou uma mensagem silenciosa, mas poderosa. Ela estava lá para ele – para melhor ou para pior. Pelo menos agora, ela deve ter sentido sua preocupação, ansiedade e luto pelos anos que ele perdeu – a vida que foi tirada de seu irmão, e de uma maneira diferente, mas não menos dolorosa, a vida que foi tirada de sua mãe.

Quando o motorista estacionou o carro na entrada da impressionante propriedade, ele respirou fundo. Kira puxou sua mão com mais força desta vez e ofereceu um sorriso simpático.

"Deve ser difícil ficar longe", ela disse. O motorista abriu a porta para ela, e ela deslizou lentamente, os olhos nele, como se ele fosse uma espécie de bomba-relógio que explodiria se ela se movesse rápido demais.

Ele saiu do carro e acenou para o motorista, que assentiu e voltou para o carro. O homem traria suas pequenas bagagens mais tarde.

"Eu quis dizer... deve ser difícil ficar longe de sua mãe", disse ela, quebrando o silêncio e roubando-o de seus pensamentos sombrios. "Desde que você se mudou para os EUA".

"Certo", disse ele. Claro que ela pensou que ele se mudou para Nova York permanentemente, como o resto do mundo, quando ele realmente precisava de tempo suficiente para arruinar a vida de seu pai. Um nó queimava em sua garganta. "Eu não posso movê-la, ela ficaria muito confusa", disse ele, em um movimento patético para lhe oferecer uma semi verdade.

"Você é um bom filho, Luc".

Ele tocou a campainha e esperou que a governanta viesse abri-la. A culpa pesava em seus ombros. Um bom filho, talvez. Um mau marido? Certamente...

CAPÍTULO 11

"Como estou?", Kira perguntou, penteando com o dedo as ondas em seu cabelo.

Luc olhou para sua esposa, vestindo uma combinação de camisa e calça toda branca. Na noite anterior, ele a mandou para o quarto deles enquanto ia cumprimentar sua mãe. Ele sabia que sua mãe não gostava de socializar à noite, e apresentar uma nova pessoa só a incomodaria e não ajudaria ninguém. E agora, a poucos metros do quarto de sua mãe, com a luz do sol inundando os corredores, ela se levantou. Impressionante, roubando cada bocado de ar de seus pulmões. *"Trop belle."*

Um pequeno sorriso puxou seus lábios. "Você não está me chamando de nomes estranhos, certo?".

"Eu guardo esse tipo de artifício para a cama".

"Bem que eu imaginei".

Ele inclinou a cabeça na direção do quarto de sua mãe. Ele nunca apresentou uma garota para sua mãe. Primeiro, ele realmente não teve relacionamentos íntimos com mulheres por longos períodos. Então, ficou mais fácil não. E agora... ele suspirou. Ela não se lembraria disso.

Ele abriu a porta e entrou, sentindo os passos dela atrás dele. Sua presença acalmou sua alma como um mel quente fez uma garganta seca.

A enfermeira, Celine, acenou para ele, então silenciosamente saiu do quarto, segurando a bandeja vazia do café da manhã.

Sua mãe, Hélène Beauford, estava sentada ao lado da mesa redonda, olhando a vista do jardim pela janela.

"*Maman*", ele a chamou.

Ela lentamente virou a cabeça, se mexendo um pouco na cadeira de rodas. "Luc", ela disse, com um sorriso. "É tão bom ver você, meu filho". Então ela olhou ao redor, como se estivesse procurando por alguém, sem prestar atenção em Kira. "Você viu seu irmão? Ele está sempre correndo por aí em algum lugar".

Luc respirou fundo. O fato dela pedir pelo irmão dele tinha se tornado cada vez mais comum. No começo, ele explicava que Marcel havia morrido, mas depois explicar se tornou supérfluo. Informações, antigas e novas, se embaralhavam em seu cérebro, e muitas vezes ela fazia a mesma pergunta algumas vezes na mesma conversa. Ele já devia estar acostumado com isso.

"Tenho certeza de que o encontraremos em breve, mamãe", disse ele. "Eu quero que você conheça uma amiga", ele disse, então gesticulou para Kira. "Ela é americana".

Kira deu um passo à frente e acenou com os dedos suavemente, depois disse: "*Bon jour*".

"Uma amiga, hein?", sua mãe repetiu, e agora olhava para sua esposa com um brilho nos olhos.

A culpa percorreu sua espinha. Ele poderia tê-la apresentado como sua esposa, mas isso só confundiria sua mãe. Ela faria perguntas – muitas delas para as quais ele não tinha respostas. Ela faria planos para uma festa de casamento na França que não aconteceria. Ela pode até sugerir futuros netos.

"Uma amiga muito especial", disse ele.

"É um prazer conhecê-la", disse Kira em inglês. "Obrigada por me receber em sua casa".

Luc traduziu a conversa para sua mãe, que fez perguntas a Kira sobre ela. Sua idade, sua ocupação e Texas. Luc se tornou o receptáculo da conversa, interpretando enquanto observava a expressão suave e feliz no rosto de sua mãe. Seus ombros relaxaram e ele soltou um longo suspiro.

"Como vocês se conheceram?", sua mãe perguntou.

Kira olhou para ele, esperando que traduzisse para o inglês.

"Temos um amigo em comum", ele respondeu.

"Foi Jacques? Ele sempre está cercado de tantas garotas", disse ela, mencionando um amigo da adolescência que ele não via há algumas décadas.

"Não, alguém do trabalho", disse ele. Ele não ousaria mencionar o nome de seu pai para ela, ou que ele trabalhou com ele. Ele não queria que sua mãe se preocupasse ou trouxesse de volta lembranças ruins.

"Sua casa é linda", disse Kira.

"Ela disse que ama sua casa".

Sua mãe inclinou a cabeça para o lado, então observou Kira com interesse. "Obrigada". Então, a expressão em seu rosto mudou, um brilho de curiosidade tocando seus olhos. Ela sussurrou para Luc: "Quem é ela?".

Uma pontada de tristeza o apunhalou. Ele sabia que não tinha o direito de sentir isso. Em vez disso, ele deveria ser grato por sua mãe ainda se lembrar dele. Por poder falar, comunicar e abraçá-la. Ela nunca seria a sogra que poderia receber sua esposa e compartilhar piadas – não por mais do que alguns minutos, de qualquer maneira. Ela era sua mãe — a mulher que se sacrificara muito, que confiara no homem errado, que fizera o melhor que podia. Ela era tudo que ele tinha. Tudo que ela ainda tinha, e por isso ele era grato. "Uma amiga. Uma amiga muito especial, *Maman*".

Kira saiu do chuveiro e vestiu um roupão fofo. Os últimos dois dias tinham sido surpreendentemente emocionais. Ela tinha sido uma espectadora, por não falar a língua. No entanto, ela podia sentir a preocupação em sua voz quando ele se dirigia às enfermeiras ou chamava os médicos. A forma como seus ombros enrijeceram, seus músculos dobrando sua camisa.

Sim, ela estava muito envolvida em todas as reações dele.

Ela pegou uma escova e passou pelos cabelos úmidos. *Pare de dar tanta atenção a ele*, uma pequena voz dentro dela implorou. Ela suspirou. Ignorar o magnífico macho era quase impossível.

Uma parte dela desejava poder diminuir a dor dele. Mesmo sem falar francês, ela sabia que seu amor por sua mãe era profundo e incondicional. Qualquer filho sofreria ao ver seu pai definhando, as memórias se tornando mais curtas, a confusão se expandindo.

Quando ela se juntou a ele no interior do quarto, ela o encontrou na cama, lendo algo em seu laptop.

"Como é para você? Estar de volta?".

Ele encolheu os ombros. "Eu não tinha vindo há tanto tempo".

Ela assentiu. De uma maneira muito diferente, ela imaginou como seria quando ela voltasse para Hope Springs em algumas semanas... agora casada. Enfrentando toda a sua família, incluindo sua irmã e Andrew. Uma sensação ácida borbulhou em seu estômago, subindo rapidamente pela garganta. "Eu me pergunto como será quando eu for para o Texas novamente... depois de morar em Nova York". Ela só tinha saído por meses e não anos, mas o constrangimento estaria lá.

Ele colocou seu laptop na mesa de cabeceira e ergueu o queixo, observando-a com mais cuidado. "Por que você está com medo?".

Você quer a lista inteira ou apenas os três primeiros? A resposta sarcástica queimou na ponta de sua língua, mas ela se viu incapaz de dizê-lo. "Eu nunca te disse que estava com medo", ela disse, então cruzou os braços sobre o peito e se sentou na beirada da cama.

Seus lábios se curvaram no canto de sua boca sexy. "Você não precisa".

Limpando a garganta, ela desviou o olhar. Suas palavras perfuraram uma parte dela que geralmente não permitia rachaduras. Ela poderia mencionar Andrew, mas merda, seu relacionamento frágil com seus pais abrangia muito mais do que isso. Ela olhou para ele, para sua forma imóvel, a maneira como ele inclinou a cabeça e se aproximou um pouco, como se quisesse que ela lhe dissesse.

Ela não deveria. Que tipo de perdedora patética ele a tomaria? Uma coisa era ser traída por sua irmã. Outra era ser traída por sua família – constantemente, mesmo quando eles não estavam cientes disso.

Seu coração apertou em seu peito e a sensação de queimação de antes voltou. A apreensão fervia em seu intestino, e a única maneira de se livrar dela seria conversar. Não era como se ele fosse seu marido de verdade, de qualquer maneira. Eles tinham um acordo. Ele estaria fora de sua vida em menos de um ano – ela também pode usá-lo como terapia gratuita.

"Você sabe sobre minha irmã, né? Ela estava doente quando tinha seis anos. E é por isso que meus pais me tiveram. Então, eu não senti que realmente pertencia".

"Sim, você mencionou. Mas seus pais devem estar muito agradecidos".

"Eles são, eu acho". Ela lambeu os lábios, nervosa. "Eles têm boas intenções e são boas pessoas", disse ela, odiando o quanto defensiva ela soava. Durante sua vida, quantas vezes ela repetiu isso para si mesma?

"Mas?".

"Mas, por muito tempo, senti que eles estavam tão acostumados a garantir que minha irmã estivesse bem, que mesmo depois que ela estivesse bem e saudável, ela ainda era sua prioridade". Ela olhou para o colo, sem saber se estava envergonhada por tê-lo vivido ou compartilhado.

Ele se aproximou, tão perto que ela sentiu indícios de seu perfume masculino ao seu redor. Ele ergueu o queixo dela, não lhe dando saída de seu olhar compassivo, mas intenso. "Eu sinto muito".

"Obrigada. Eles não são pessoas ruins", disse ela, constrangida. Eles o conheceriam, e de alguma forma o que ele pensava deles importava para ela, mesmo que ele não ficasse em sua vida por tempo suficiente. "Acho que eles fizeram o que tinham que fazer, como quando me deram um filhote de cocker spaniel no meu aniversário. Eu estava tão feliz. Eu o chamei de Harry. Infelizmente, o cachorrinho teve que ir embora depois de duas semanas por causa da alergia a animais de estimação da minha irmã que não sabíamos que ela tinha", disse ela, lembrando como ela manteve o pequeno cobertor que comprou para Harry por muitos meses até que sua mãe o jogou no lixo, explicando que ela tinha que deixar o cachorro.

"Eu entendo. Ao crescer, minha mãe teve alguns... problemas mentais, mesmo antes de perder a memória. Cuido dela desde criança".

"Quão jovem?".

"Essa conversa não é sobre mim", disse ele. "Eu aprecio você ser leal à sua família. Mas você tem que pensar em você também".

"É por isso que me mudei para Nova York com minhas primas".

"Estou feliz que você fez isso. Caso contrário, nunca teríamos nos conhecido", ele disse, e a ternura em seu tom teve o poder de desnudá-la.

"Sim, apenas imagine isso. Você conseguiria uma assistente muito mais madura com muita atitude, você daria uns amassos nela e depois se casaria com ela. Alguém astuto como uma raposa". A ideia dele dormir com outra pessoa, com outra assistente e esposa falsa, revirou seu estômago. Ela queria acreditar que ele não seria do jeito que ele era com ela com mais ninguém. Queria acreditar que eles se entendiam, cuidavam um do outro e talvez... talvez mais? Ela se deu um tapa mental na cara. *Não diga. Espera um pouco.*

"Não subestime assistentes mais velhas. Elas têm muita experiência", disse ele, e ela, por um lado, ficou grata pela energia leve e sedutora entre eles ter retornado.

"Ah, tenho certeza que você gostaria disso. Embora seja difícil pensar em alguém capaz de te ensinar alguma coisa no departamento de quarto".

"Discordo. Você, Kira Jones, me ensina coisas todos os dias", ele disse, mais uma vez com aquele peso em suas palavras de antes, como se cada palavra carregasse um peso que ele tirou de seus ombros. Como se ele... precisasse dizer essas coisas. E senti-las.

Seu elogio a desarmou e abriu mais uma camada para a complexidade de suas interações. Ela abriu a boca para protestar, mas então o olhar dele encontrou o dela, e um tipo diferente de calor apertou seu coração, então desceu por seu corpo até se estabelecer entre suas pernas.

"O quê? Nenhuma referência a animais?". Ele deu a ela um sorriso provocante. "Você está sem palavras?". Ele pegou a mão dela, então plantou um beijo no interior de seu pulso. Seus lábios acariciaram sua pele, enviando pequenos arrepios de consciência sexual por seu braço.

Ela estremeceu, pega no momento, a mistura de ternura e determinação em sua postura derretendo-a por dentro.

Ele a puxou para ele, então com o mesmo movimento fluido, acomodou-a no colchão, seu corpo forte pairando sobre o dela, seus lábios a um fôlego dos dela. Ela olhou nos olhos dele, e seu batimento cardíaco se elevou como se ela estivesse fugindo de um ladrão em um bairro desconhecido. Ela foi encurralada e, caramba, não havia lugar para se esconder.

"Estou caindo...", ela disse, então se conteve antes de continuar. Tão desesperada para se agarrar ao último fragmento de preservação. As palavras *apaixonada por você* pairaram no ar, presas em sua garganta, e ela se perguntou se ele poderia lê-las em seus olhos. Suas bochechas aqueceram, uma onda de constrangimento varrendo seu corpo. *Idiota*, ela se repreendeu. Eles tinham uma coisa boa, e ela estava prestes a estragar tudo e fazer papel de boba.

"*Moi aussi*", ele disse, então uma batida depois, traduzido como se não quisesse deixar espaço para interpretações erradas: "Eu também".

Sua declaração liberou uma injeção de adrenalina em seu sistema. Uma sensação vertiginosa se espalhou por ela, e ela sentiu como se tivesse viajado no tempo e fosse uma adolescente novamente, com o coração na boca, as palmas das mãos suadas, a garganta seca. Seu estado interno de euforia se amplificou quando ele capturou seus lábios nos dele, em um beijo que reivindicou como uma bandeira para um pedaço de terra recém-colonizado.

Excitada, ela envolveu suas pernas ao redor dele, pequenas pulsações de consciência já piscando em seu sexo. Ele acariciou sua língua com a dele, e ela se apertou contra ele, tão ansiosa para lhe mostrar o quanto ela o queria. O quanto ela voluntariamente pulou de um precipício. Mas, pela primeira vez, ela não estava sozinha em seu salto.

Ele se desvencilhou dela e tirou suas roupas enquanto ela tirava o roupão e o colocava de lado. O olhar faminto em seu rosto aumentou sua necessidade por ele, seus mamilos tão tensos que doíam.

Uma vez nu, ele não a cobriu com seu corpo imediatamente. Ele a virou, posicionando sua barriga no colchão, e levantou sua bunda. Um frisson a percorreu, e ela estremeceu, antecipando o que estava por vir.

O seu sexo estava tão molhado que ela podia sentir suas coxas úmidas, macias, trêmulas.

Ele separou suas pernas e cortou suas dobras, as pontas de seus dedos enviando vibrações para o resto dela. Deus, ela estava pronta. Ela estava pronta para este homem antes mesmo de conhecê-lo. Ela estava pronta para ele antes mesmo de saber que precisava dele.

Ele gemeu, um som rouco que a lembrou de um chamado de acasalamento.

Então, ele substituiu seus dedos por seu pênis, e empurrou dentro dela, profundamente. Duro. Uma combinação de dor e excitação a encheu, e ela podia sentir a sensação latejante de suas paredes internas agarrando-se a ele. A maneira deliciosa que ele a encheu tão completamente, ela teve que respirar fundo em seus pulmões.

"Luc", ela implorou. Exigiu. Implorou.

Ele empoleirou suas mãos em seus lados, seus dedos pressionando sua pele. Quando ele retirou seu membro, ela gemeu, e seu retorno, implacável e poderoso, a fez apertar o travesseiro. Ansiosa por mais, ela balançou os quadris, arqueando as costas e aprofundando ainda mais seu impulso.

Mais dor reverberou através dela, desta vez enviando pequenos choques elétricos para seu núcleo. Porra, não havia como ela fazer isso por muito tempo. Ele gemeu, e ela podia ouvir o desespero em sua voz. Ele também não iria demorar muito.

Ele se inclinou sobre ela, sem quebrar o contato, e a beijou de volta, depositando pequenos beijos em sua pele até que ele beliscou seu ombro.

Ela se contorceu sob ele, tão certa de que estava prestes a se desfazer. "Luc... eu...".

"Vamos juntos, *mon amour*", ele disse, antes de começar uma longa série de frases em francês, sua voz rouca. "Você e eu juntos".

"Sim", ela sussurrou. Ela concordaria em roubar um banco neste momento. *Juntos.*

Ele deslizou sua mão direita até seu sexo e passou por seu clitóris, o broto dolorido já latejando com necessidade. Ela curvou os quadris, ondulando de um lado para o outro, enquanto ele continuava batendo nela, e então, a ligeira mudança de ângulo a carregou e deixou seu corpo em alerta máximo.

"Eu... vou...", ela disse entre respirações, enquanto flashes saltavam do canto de seus olhos, sua visão pontilhada.

"Sim", ele disse, então sacudiu seu clitóris implacavelmente, bombeando dentro dela, e ela soltou quando o prazer explodiu dentro dela, quebrando todas e quaisquer barreiras, seu coração tatuando suas costelas. Ondas da sensação mais extraordinária a percorreram, e seu grunhido anunciou seu próprio orgasmo enquanto o dela ainda a perfurava. Ele derramou cada pedaço dele dentro dela, chamando seu nome, beijando seu ombro.

Se antes ela sentia que estava caindo com ele, pulando no desconhecido, agora ela estava voando.

CAPÍTULO 12

"Obrigado por concordar em me ver", disse Luc, depois de ter sido conduzido ao impressionante escritório de Samantha. Uma estátua de bronze de um avião medindo cerca de 1,70m ocupava o centro do espaço, e uma enorme foto do Sr. Antoine Fraser de terno adornava a maior parte da parede dos fundos.

Luc ligou a semana inteira desde que voltou da França, mas ela estava frustrando todas as suas tentativas. Claro que ele usou a desculpa de querer comprar uma de suas propriedades – se ele dissesse a ela seu verdadeiro motivo, ele estaria se colocando em risco.

Ele contratou um investigador particular corporativo para cavar alguma sujeira sobre ela. Nenhum escândalo e nenhuma evidência de irregularidade foram encontrados. Antes da morte do marido, ela trabalhou ao lado dele, ainda que no departamento financeiro da empresa. Na verdade, ela tinha uma reputação imaculada.

"Você é um homem difícil de ignorar", disse ela, dando um aperto rápido na mão dele. "Eu bem que tentei". Ela apontou para a área de estar em seu escritório exclusivo, e ele se sentou no sofá de couro. Ela seguiu o exemplo. "E decidi lhe dizer cara a cara que não estou vendendo o duplex do Central Park, independentemente da sua oferta. Chame isso de valor sentimental".

"Eu entendo e não vou pressioná-la mais".

"Ótimo", disse ela, inclinando a cabeça para o lado, com um olhar cético no rosto. "Foi muito mais fácil do que eu pensava".

Ele sorriu. "Estou aqui porque espero apelar para um tipo diferente de valor... e outro tipo de acordo".

Ela tamborilou os dedos na mesa. "Do que está falando?".

Seu pulso acelerou. Ele a tinha por mais de cinco minutos dessa vez, e apenas uma chance. *Se ela contar para meu pai sobre esse encontro, estou acabado.* Ele estalou os dedos, pesando suas opções. "Não faça negócios com meu pai".

Ela parou de tamborilar os dedos e se inclinou sobre a mesa, estreitando os olhos. "E por que não?".

Ele apontou para a foto do marido dela na parede. "Seu ex-marido era um homem nobre, eu ouvi. Deixou um legado e tanto. Eu odiaria que estivesse no meio de um drama familiar desagradável. Percepção é tudo hoje em dia".

"O que você está querendo dizer?".

"Eu tenho jogado bem, mas se eu der uma entrevista sobre o que meu pai realmente fez – deixou minha mãe com dois filhos pequenos para seguir a mulher americana com quem ele estava tendo um caso nos EUA. Quando meu irmão morreu, ele sabia que eu estava vivo. Ele agiu de outra forma, mas o bastardo sabia – nem sequer escreveu um cartão quando descobriu sobre a morte do meu irmão. Ele nos deixou para morrer. Minha mãe nunca mais foi a mesma. Ela nunca se recuperou totalmente".

"Então essa reconciliação pública foi uma mentira? Só de faixada?", ela perguntou baixinho.

"Sim". Ele guardou o ressentimento em uma parte de seu cérebro com a qual lidaria mais tarde. Agora, ele precisava manter o foco e explicar a ela por que um escândalo seria ruim para os negócios. "Pense nas consequências. As ações da France Air despencariam. As redes sociais estariam em alvoroço. Quem sabe o que meu pai fez, ou se ele traiu outras mulheres do jeito que traiu minha mãe? Elas poderiam sair rapidamente e acusá-lo. Sua decisão de se fundir com um CEO tão controverso mancharia uma reputação completamente limpa".

"Por que você faria isso? Quero dizer, ficaria ruim para você também. Ter mentido para o público quando...".

"Eu não menti. Eu não dei nenhuma entrevista, e meu pai e sua equipe de relações públicas assumiram. Eu simplesmente tentei dar a ele uma segunda chance, então percebi que não poderia perdoar seus erros do passado".

"Você pensou em tudo, não foi?", ela perguntou, um traço de admiração em sua voz.

"Alguém precisava. Eu não podia deixar o que ele fez com minha mãe ir...".

"Sinto muito", disse ela, suas características faciais suavizando. "Mas... vingança. Você acha que isso vai trazer sua família de volta?".

Nada traria sua família de volta. Os dias felizes, quando ele brincava com o irmão do lado de fora até a hora do jantar, ou quando sua mãe lia histórias fantásticas para eles antes de dormir. "Não se trata de trazê-los de volta. É sobre ele pagar pelo que fez. O dinheiro é a única coisa que importa para ele. Não apenas dinheiro, mas este negócio. Essa fusão".

Ela balançou a cabeça. "Você percebe que eu poderia dizer a ele que você me contou tudo isso?".

Apreensão entupiu sua garganta. Agora, ele tinha que fingir confiança a todo custo. Se ele a queria ao seu lado, ela tinha que acreditar nele. "Você é uma pessoa inteligente. Eu sei que você vai fazer a coisa certa".

"Qual é a coisa certa, na sua opinião?".

"Afaste-se da fusão com Mortague Corp.".

Ela soltou uma risada sarcástica. "Então você vem até mim e me oferece um problema".

"Uma solução. Eu, juntamente com alguns outros investidores de confiança, ficarei feliz em fazer parte de uma nova fusão. Claro que serei o principal acionista, mas posso enviar os nomes deles se você...".

"Você não tem nenhuma experiência na indústria da aviação".

"Sim, mas eles têm. A equipe que juntei vai impressioná-la. Eles têm paixão por isso. Uma paixão, garanto, meu pai não pode igualar", disse.

"E você? Você realmente quer liderar esse grande empreendimento apenas para se vingar de seu pai?".

"Nunca fujo de um desafio. Eu prometo a você que minha equipe e eu seremos o ajuste perfeito. Uma mistura de motivação, paixão e conhecimento tecnológico".

Ela tocou sua testa. "Eu preciso pensar sobre isso".

Progresso. Ele aceitaria isso qualquer dia. "Deixe-me saber até a próxima semana. Vou marcar uma reunião com todos e podemos começar uma conversa", disse ele, satisfeito com o quão casual ele soou.

***

Kira sorriu, olhando como suas pastas de arquivos estavam organizadas na tela do computador. Talvez levasse tempo para Luc concordar, mas uma vez que ele aprendesse seu novo sistema, ele concordaria que isso lhes economizou tempo e foi mais eficiente.

Sim, garota, tente ensinar o guru da tecnologia como usar a tecnologia. Luc tinha ido a um almoço de negócios sem ela, o tipo de reunião informal que não precisava da presença dela. Ela usaria o tempo para se atualizar no trabalho. Sempre que ela ia para a sala de descanso ou passava por outros assistentes, ela fazia questão de conversar e sorrir.

Ela imaginou que alguns deles se sentiam estranhos por ela mal trabalhar lá e depois se casar com o chefe. *Se eles apenas soubessem...*

Seu telefone tocou e ela o pegou na gaveta.

Uma mensagem de sua mãe, pedindo suas informações de voo.

Como ela daria a notícia a sua mãe que seu marido não fazia voos comerciais e que eles alugariam um carro chique que provavelmente custaria muito e, portanto, não precisava de uma carona do aeroporto? Ela colocou o telefone na superfície lisa da mesa de vidro.

Alugar um carro e voltar para casa seria muito melhor. Ter sua mãe no carro fazendo todos os tipos de perguntas logo de cara poderia atrapalhar seu plano de sobreviver ao fim de semana com sua reputação ilesa. E se sua mãe suspeitasse de alguma coisa? Embora, agora, eles tivessem admitido um ao outro que estavam se apaixonando.

Então, não era tanto fingir o sentimento, mas sim as circunstâncias.

"Kira?", uma voz masculina a chamou, cortando sua linha de pensamentos.

Ela ergueu o olhar para encontrar Charles observando-a com interesse. "Oh, olá. Como posso ajudá-lo, Sr. Montague? Luc ainda não voltou do almoço".

"Estou ciente", disse ele, sem mover um músculo. "Como foi sua viagem?".

"Boa".

"Como achou...", ele começou, então limpou a garganta, "A mãe de Luc?".

"Ela está bem", disse ela, se mexendo em seu assento. Ela não tinha certeza do quanto Charles sabia sobre sua doença, se ele conhecia as nuances dela, mas ela não queria dar a ele um relatório médico. Uma lâmina invisível de culpa perfurou seu estômago. "Por que?".

Ele cruzou os braços. "*Bem* também foi a única informação que consegui tirar de Luc".

Ela engoliu. O que ele esperava que ela dissesse? "Sinto muito", disse ela, honestamente. Claro, ela guardava algum ressentimento em relação a seus pais por causa de seu favoritismo em relação a sua irmã crescendo, mas... caramba. A falta de afeto e comunicação entre Luc e seu pai levou as relações familiares tensas a outro nível. "Você já tentou falar com ele?".

"Perguntei a ele quando ele voltou, e ele disse que tudo bem", repetiu.

"Não. Quero dizer... você já tentou falar com ele sobre como vocês dois podem seguir em frente e se dar melhor?", ela perguntou, esticando-se na cadeira.

Ele descruzou os braços e caminhou pelo espaço por um momento, olhando para o chão como se registrasse suas palavras. Ela colocou o nariz onde não tinha sido chamada? Deus, ela esperava que não. Se seu conto de fadas com seu atual marido terminasse, ela ainda poderia usar a ajuda do Sr. Montague para montar seu próprio negócio.

"Pedi a ele para se mudar para cá e ele mostrou interesse em trabalhar na Montague Corp. Isso não é suficiente para nos levar adiante? Nós não falamos sobre o passado", ele disse calmamente.

"Talvez você deva. Manter esses velhos sentimentos não resolvidos engarrafados só torna o presente mais complicado". Ela deveria saber... ela compartilhou suas queixas de infância com as primas enquanto crescia, uma das razões pelas quais seu vínculo era tão sólido. Elas confiavam uma na outra. Sua vida teria sido diferente se ela tivesse sido mais honesta com seus pais?

Ela era uma criança, no entanto. E o Sr. Montague era um homem adulto. Ele tinha que saber a diferença agora.

"Duvido que meu filho gostaria de uma conversa como essa. O passado não é tão simples", ele disse em um tom impaciente que a impediu de investigar mais.

"Você não saberá se não tentar", ela ofereceu, então mordeu o interior de sua bochecha para não perguntar mais. Uma energia nervosa saltou entre eles, e ela se perguntou o que ele quis dizer com o vago comentário sobre o passado não ser simples.

Isso ela poderia entender, mas o que exatamente ele não queria que ela descobrisse?

"Talvez eu faça isso um dia", disse ele, e sem esperar por sua resposta, virou-se e saiu.

CAPÍTULO 13

"Bem-vinda ao Texas", disse a mãe de Kira um momento depois de abrir a porta de sua linda casa de pedra calcária em Hope Springs, uma charmosa cidadezinha. "Estamos tão animados que vocês dois se juntaram a nós!".

"Obrigado por me receber, Sra. Jones", disse Luc.

Sua mãe o puxou para um abraço. "Ah, por favor, me chame de Doris", disse sua mãe. "Entrem". Então, ela abraçou Kira e sussurrou algo em seu ouvido que ele não entendeu.

"Obrigada, mãe", disse Kira.

Luc e Kira seguiram a encantadora senhora de sessenta e tantos anos. Algumas mechas brancas de cabelo tecidas através do cabelo castanho claro, em lugares estratégicos, como se tivessem sido intencionalmente colocadas dessa forma. Ela vestia um agasalho de veludo roxo e caminhava rapidamente, sua silhueta esguia.

"Estávamos todos esperando por você", disse Doris e parou na sala de estar, onde várias pessoas estavam sentadas, algumas delas assistindo ao jogo de futebol na grande TV. "Pessoal, Kira e seu novo marido estão aqui!".

As pessoas — membros da família, ele adivinhou — se viraram e sorriram. Doris começou as apresentações, apontando para seu marido Bill, um homem careca de setenta e poucos anos com um sorriso gentil e fácil, o tipo de pessoa que não se estressa com as pequenas coisas.

Então, ela se mudou para as irmãs mais novas de Bill, Peggy e Lydia, que trocaram um olhar malicioso entre elas antes de cumprimentá-lo.

Por fim, o casal que estava assistindo ao jogo.

"Esta é minha filha Shelby e seu namorado, Andrew", disse Doris com um toque de orgulho.

O intestino de Luc se apertou. Ele ouviu Kira falar com seu pai atrás dele e se perguntou como ela se sentiria ao enfrentar aqueles dois novamente.

"Prazer em conhecê-lo", disse Shelby, dando um passo à frente para apertar sua mão.

Ele olhou para a mulher, que se parecia com sua esposa. Ambas compartilhavam a mesma cor de cabelo castanho e lábios em forma de arco, mas seus olhos não eram quentes ou intrigantes como os de Kira. Ele se forçou a dar um sorriso neutro, aceitar a mão dela na dele e agir como se não a julgasse por ser horrível com sua irmã. Por traí-la da pior maneira que alguém poderia fazer a uma irmã. "Igualmente".

"E aí, cara? Bem-vindo à família", disse Andrew, que felizmente não forçou um aperto de mão e fez um gesto ridículo para sinalizar uma saudação.

Emoções conflitantes varreram a mente de Luc. Por um lado, ele odiava o homem – que desculpa tinha um ser humano para trair a namorada com a irmã dela. Ele curvou os dedos em uma bola, desejando poder acertar o punho em seu rosto estúpido.

Contudo, se Andrew não fosse tão idiota, talvez nunca tivesse conhecido Kira. Nunca havia se casado com ela. Nunca...

"Tão emocionante ter todos sob o mesmo teto", disse Doris, obviamente cega para a crescente tensão na atmosfera.

"Sim, já faz um tempo. Kira, você está ótima", disse Lydia.

"Obrigada, tia Lydia", disse Kira. "Que prazer ver todos aqui agora... assim que chegamos em casa", disse ela, e ele detectou um traço de ansiedade em sua voz. Ela esperava pelo menos ter algum tempo para conversar com seus pais antes de enfrentar sua irmã e Andrew novamente, ele tinha certeza, especialmente na frente de outras pessoas.

Ele se inclinou mais perto dela e colocou as mãos ao redor de sua cintura, então beijou o topo de sua cabeça. Uma oferta silenciosa de conforto.

"E seu marido, meu Deus!", Lydia disse, abanando-se como se tivesse acabado de pegar algo quente do forno.

"Lydia, comporte-se", disse Peggy.

"Ela tem razão", disse Doris, piscando para ele. "Nossa Kira pegou um pão".

Uma risada nervosa percorreu a sala.

"Não sei o que ela quis dizer por pão, mas se significa que sou um homem de sorte, então concordo", disse ele.

"Nós deveríamos... trazer nossas coisas do carro e nos refrescar", Kira ofereceu, em seguida, enviou-lhe um olhar que implorou para ele concordar.

"*Bien sur*. Claro. Por que você não vai para o quarto agora, eu pego nossas malas do aluguel e encontro você lá?".

"Perfeito", ela disse, então correu para fora da sala e subiu as escadas.

"Ouça, cara, eu posso ajudá-lo a trazer as malas", disse Andrew.

Luc levantou a mão em negação. "Não precisa, obrigado. Elas são pequenas", disse ele, certo de que o outro homem havia sugerido isso para começar a criar um vínculo com ele e talvez dissipar a tensão, mas Luc não podia ser amigável com um homem que tinha sido tão terrível com Kira. Mesmo que ele agradecesse internamente, o lado protetor dele falava mais alto, e ele temia que ainda daria um soco em Andrew se a oportunidade se apresentasse.

"Você gostaria de algo para beber, querido? Talvez um chá doce, cerveja ou algo mais forte?", Doris perguntou.

"Agora não, obrigado. Vou pegar as malas e já volto".

Ele rapidamente saiu de casa para o carro esportivo que alugou, pegou as duas malas pequenas e voltou. Doris prontamente apontou para onde ficava o quarto, ele subiu as escadas, segurando as duas malas e depois virou à esquerda para encontrar a porta do quarto semiaberta.

Ele entrou, colocou as malas no chão e fechou a porta atrás de si.

A decoração tinha um motivo florido que ele não conseguia entender. Era muito doce, as cores pastel muito femininas e os móveis nada práticos. Muitos travesseiros pequenos na cama queen size, depois mais travesseiros pequenos empilhados nas duas cadeiras estofadas ao lado de uma cômoda antiquada.

"Kira?", ele a chamou, e ela veio do banheiro da suíte. "Você está bem?".

Ela colocou uma mecha de cabelo atrás da orelha e ele notou um tom de vermelho espalhando pelas sus bochechas. "Sim. Acho que não esperava vê-los, tipo, imediatamente, na minha chegada".

"Eu sinto muito".

O seu estômago se contraiu, como se um faixa preta de jiu-jitsu tivesse acabado de bater nele. Ela ainda tinha algum sentimento por Andrew? A apreensão escorreu por sua espinha e esfriou seu sangue. E se vê-lo desbloqueou o amor que ela ainda carregava por Andrew?

"Não fique", ela disse, então piscou algumas vezes, como se ela estivesse tentando segurar as lágrimas. "Está tudo bem".

"Kira, por favor, seja honesta comigo. Você ainda ama Andrew?", ele perguntou, então engoliu o nó de preocupação latejando em sua garganta. Ele respirou fundo, dolorosamente ciente de que a resposta dela poderia mudar o curso das coisas.

Sim, ele estava se apaixonando por ela apesar de seu bom senso. Ele estava se apaixonando pela mulher que seu pai provavelmente contratou para ficar de olho nele. No entanto, ele não conseguia se afastar dela. No entanto, se ela tivesse sentimentos mais fortes por outro homem...

Ela olhou para ele como se ele tivesse dito a ela que tinha duas cabeças, então riu. "Quem? O Andrew? Não", ela disse, olhando para ele diretamente nos olhos e não deixando espaço para dúvidas. "Deus, não. Estou triste porque meus pais ainda não conseguem se colocar no meu lugar por um momento. Eles têm boas intenções e provavelmente pensaram que ter mais pessoas ao nosso redor facilitaria as coisas, mas...".

"Mas você queria que eles lhe dessem a mesma atenção que dão à sua irmã".

"Estou errada? Na verdade, não quero o mesmo nível de atenção porque isso me sufocaria. Eu só queria, pelo menos uma vez, que eles se preocupassem com como eu me sinto e não apenas para facilitar a vida dela. Acho que pensei que não notaria tanto depois de morar em outro estado".

Confie em mim, viver em outro país não muda a maneira como você se sente em relação a alguém, ele pensou amargamente.

"Eu entendo". Ele a abraçou em um abraço apertado. "Você não está errada, Kira".

Ela suavizou em seus braços, então suspirou. "Obrigada. É o aniversário de casamento deles, então vou jogar um cropped e colocar minha calcinha de menina grande e ser civilizada. Não é sobre mim".

"Eu prefiro que você não coloque calcinha", disse ele, e ganhou uma risada.

Ela olhou para ele, um lampejo de diversão em seus olhos. "Isso pode ser arranjado".

"Quem está com fome?", sua mãe perguntou, trazendo o prato de sua assinatura de frango incrustado de nozes, juntamente com verduras mistas, batatas salteadas e legumes assados.

Kira mordeu o lábio inferior. Talvez comer mantivesse sua boca ocupada. Ela lembrou a si mesma que só estaria em casa por duas noites. Esta noite, e a festa seria na noite seguinte. Domingo de manhã eles iriam embora.

Luc sentou-se ao lado dela, e em frente a ela, sua irmã e Andrew. Ela conseguiu evitar olhar muito na direção deles. Ela disse olá para sua irmã de passagem, quando elas quase esbarraram no corredor e ela viu, então, o brilho nos olhos de sua irmã, como se ela tivesse aberto uma porta que Shelby considerava fechada.

Ela não pode mais me magoar, ela repetiu para si mesma. Ela agora morava longe e havia voltado para casa com seu belo marido para uma visita. Pela primeira vez, por cima da carne seca. Um milagre.

O jantar começou sem problemas. Lydia e Peggy eram um bom amortecedor, e Luc parecia se divertir, de vez em quando elogiando sua mãe pela comida. Ela bebeu um copo de vinho branco e se obrigou a relaxar.

"Está tudo pronto para a festa de amanhã?", ela perguntou à sua mãe.

"Sim. Sua mãe está trabalhando no quintal há semanas e até contratou alguém para ajudá-la", disse o pai, com aquela pontada de orgulho sempre que falava de sua esposa.

Sua mãe o dispensou. "Ah, pare com isso. Paguei alguém para fazer as flores e decorações, mas Shelby e Andrew contrataram a banda".

OK. Então Shelby e Andrew se tornaram uma coisa, e ele não exagerou quando recebeu seu próprio marido na família como se ele fosse parte dela por gerações. Uma sensação ácida se espalhou por seu estômago. Talvez se ela estivesse em contato com Shelby, ela também teria colaborado. Contudo, sua mãe recusou sua ajuda, e ela acabou comprando um presente – o voucher para uma estadia de fim de semana agradável em um resort de golfe na região montanhosa – para eles.

Nada disso importa agora. "Bem, isso é ótimo, mãe. Estou animada por você", disse Kira, injetando energia em sua voz.

"Obrigada, amor", sua mãe disse, então pegou as batatas.

"É bom que Shelby esteja tendo essa experiência com coisas de casamento. Vai ser útil quando ela se casar com Andrew em alguns meses", tia Peggy disse, então sua mãe e seu pai imediatamente lhe lançaram um olhar de repreensão. Tia Peggy levou a mão à boca, um tom de vermelho infundindo suas bochechas. "Oh, me desculpe. Não deveria ter tomado aquela segunda taça de vinho".

"Segunda? Tá mais para a quarta", Bill disse em voz baixa, até que alguém o calou.

Os pelinhos na nuca de Kira se arrepiaram, e ela podia sentir os olhares de seus familiares nos dela. Até a de Luc, que pegou a mão dela debaixo da mesa e a apertou.

A raiva a apunhalou. Esta era sua viagem para mostrar a sua família que ela se casou – ela, a filha fracassada, aquela que teve que ir e fazer uma vida longe deles. Mas então, é claro que Shelby estava um passo à frente, já noiva. Seus planos de casamento seriam o assunto das próximas semanas.

"Sinto muito por não termos dito nada, querida", Doris disse em uma voz calmante. "Não queríamos tirar o foco da festa de aniversário".

"Isso é verdade. Além disso, aconteceu na semana passada", acrescentou Shelby.

Kira limpou a garganta. Deus, ela realmente precisava ser tratada com luvas de pelica? Essa sempre foi Shelby. Kira sempre engarrafava as coisas e seguia em frente. Por que agora deveria ser diferente? "Compreendo perfeitamente", disse ela. "Parabéns a vocês dois", ela ofereceu, então forçou um sorriso na direção de Shelby e Andrew, sem fixar sua atenção em nenhum deles.

Sua mãe suspirou, então ergueu o copo. "Um brinde. Para minhas lindas filhas".

Mais tarde, ela ajudou a mãe a carregar a máquina de lavar louça quando Shelby entrou na cozinha.

"Ei", disse Shelby. "Podemos conversar a sós?".

"Vou verificar todos os outros. Eu sei como Peggy ama seu vinho", disse Doris, então rapidamente sumiu de vista.

Kira continuou colocando os pratos da pia na lavadora, um por um. Ela sentiu a presença de sua irmã ao seu lado, então, finalmente, fechou a máquina de lavar louça e ficou em sua altura máxima. Ela sabia que em algum momento elas teriam que conversar. "E aí?", ela perguntou a Shelby.

"Ouça, eu sinto muito. Quando mamãe disse que você voltaria para casa, fiquei empolgada porque queria me desculpar pessoalmente pelo acontecido entre mim e Andrew".

Kira encostou-se ao balcão, cruzando os braços, observando a irmã mexer os dedos.

"Andrew e eu realmente nos apaixonamos um pelo outro. Não era apenas sexo".

"Bom para você", disse Kira.

"Olha, estou feliz que você esteja feliz também. Você encontrou um homem que te ama. Você mal se mudou para uma cidade grande, você tem esse zilionário gostoso que te queria tanto que te pediu em casamento tão cedo".

"Certo", disse Kira, desviando o olhar. Ela preferiria cair morta a contar a verdade para Shelby, mesmo que tivesse essa opção. A verdade era que, por mais que ela e Luc estivessem apaixonados um pelo outro, eles não compartilharam uma conversa sobre seu futuro. Ela não tinha contado a ele sobre seu pai fazendo perguntas sobre ele, convocando-a a princípio para ficar de olho nele.

E eles certamente nunca conversaram sobre o que aconteceria quando seu casamento falso chegasse ao fim. O que aconteceria após o término do contrato? Eles continuariam assim? Ele disse que se apaixonou por ela agora, mas ele ainda sentiria o mesmo depois de saber que ela foi contratada para espioná-lo?

"Como Poppy e Billie estão indo?", Shelby perguntou.

"Elas estão bem. Descobrindo as coisas".

Shelby mordeu o lábio inferior, então olhou para ela. "As coisas vão ser as mesmas entre nós?".

O mesmo? Kira balançou a cabeça, mais para si mesma do que para a irmã. Ela não queria o mesmo – isso significava voltar a ter que sorrir e suportar as coisas. As palavras que ela trocou com o Sr. Charles Montague ressoaram em seus ouvidos. Ela manteve as coisas engarrafadas por muito tempo. Seu pulso acelerou. "Eu não quero que elas sejam iguais, Shelby. Se você quer um relacionamento melhor do que antes, estou aberta, mas vai levar tempo e muito mais do que um pedido de desculpas", disse ela, e ela quis dizer isso.

Shelby se retirou, um lampejo de surpresa cruzando sua expressão. Ela provavelmente não esperava que sua irmã se defendesse. "Eu... entendo", disse ela, e Kira se perguntou se ela realmente entendia, ou só disse isso para ter algo a dizer.

"Espero que sim", disse Kira.

"Ah, minhas duas meninas, estamos nos dando bem de novo...", Doris disse, entrando na cozinha, fazendo Kira se perguntar se sua mãe havia escutado o tempo todo. Ela não passaria por isso. Um fio de aborrecimento percorreu sua espinha. "Que grande presente!". Doris caminhou até eles com os braços abertos, imitando um abraço em grupo, mas Kira recuou, levantando a mão em negação.

"Mãe, por favor, não faça isso", disse Kira. "Eu perdoo Shelby por toda a coisa de Andrew, com certeza. Porém, há problemas em nosso relacionamento que não se resolveriam da noite para o dia. E se você está cega demais para ver, então eu não sei como seguir em frente".

O sorriso no rosto de sua mãe desapareceu rapidamente, e ela se esticou em toda a sua altura. "O que você quer dizer, Kira? Você está falando sobre você e Shelby, ou você e eu?".

"Sobre nós três e, em menor grau, papai. Ele vai junto com as coisas, o que é perigoso também". Kira inclinou a cabeça para o lado, seus olhos treinados na expressão surpresa de sua mãe. "Toda a minha vida sempre foi sobre Shelby. No começo, quando criança, eu me sentia mal por falar sobre mim, com medo de que o câncer dela pudesse retornar. Então, quando adolescente, isso continuou, por causa de todas as coisas que tive que abrir mão para acomodar a agenda dela. Suas preferências. Amigos dela".

"Kira querida, eu nunca quis...".

"Não, você não fez, mãe, mas aconteceu. Tome hoje, por exemplo. Eu chego em casa depois de vários meses, tenho um momento para mim? Não. Todo mundo está aqui, Shelby estava aqui, e eu tive que concordar rapidamente com o fato dela estar noiva, sem que nenhum de nós sequer falasse sobre meu casamento recente".

"Mas querida, você escolheu se casar longe de nós", disse Doris, com uma lágrima nos olhos. "Como você acha que isso nos fez sentir? Seu pai não conseguiu te entregar no seu dia especial".

"Sinto muito por isso", disse Kira, uma pontada de culpa caindo sobre ela. "E se eu tivesse um grande casamento em Nova York e te convidasse? Você teria vindo? Ou você teria insistido para que eu fizesse as pazes com Shelby primeiro? Mesmo sendo ela quem traiu?", perguntou Kira. Como várias vezes durante sua infância, quando ela acabou se desculpando por um dos erros de sua irmã.

Shelby passou os dedos pelo rosto. "Droga".

Kira tocou seu peito, desejando que seu coração permanecesse no lugar. "Eu te amo, mãe. Mas mesmo que eu tenha sido colocada nesta terra literalmente para salvar Shelby, hoje em dia eu preciso que você veja os dois lados. Às vezes estarei errada, mas às vezes estarei certa".

Sua mãe limpou a garganta. "Você sempre foi tão independente".

"Eu tinha que ser, mãe".

"Eu pensei...". Lágrimas escorriam pelo rosto de Doris. Ela pegou um pedaço de papel toalha do balcão e bateu no rosto. Seus olhos falavam de arrependimento, seu rosto corado. "Sinto muito. Parece que tenho muito o que fazer para compensar os meus erros".

"Eu também", disse Shelby, dando um passo à frente. "Eu fui junto com isso, e eu gostei – aproveitei – a atenção. Mas não deve ser às suas custas, Kira. Eu preciso ser uma irmã melhor".

Kira olhou para as duas mulheres que estavam tão sem noção por tanto tempo. Um alívio que ela não experimentava há muito tempo a invadiu, e ela se viu encurtando a distância entre elas. Sim, as coisas iriam melhorar. Ela não permitiria que elas voltassem a ser como eram – e pelo que parecia, nem elas o fariam.

Talvez fosse a hora daquele abraço em grupo, afinal...

CAPÍTULO 14

"Então é aqui que a adolescente rebelde Kira passou seus dias?", Luc perguntou, olhando para o lago para onde ela o levou. Eles chegaram no dia anterior, e hoje ela deu a ele um passeio rápido por Hope Springs, a última vista sendo o lago calmo cercado por carvalhos.

O vento balançava preguiçosamente o balanço de pneu velho e gasto pendurado em um carvalho curvado – um dos muitos que ofereciam sombra, cobrindo tanto a área, que pequenos raios de sol mal passavam pelos galhos.

Ela escolheu um local longe das famílias tomando sol e das pessoas andando de caiaque. Na verdade, ele mal podia ouvir suas vozes.

"Eu não era tão rebelde. Mas sim, eu e minhas primas costumávamos vir aqui, especialmente no verão. Nós nos divertíamos horrores".

Sentaram-se na terra, os dedos dos pés balançando e

quase tocando a água. Ele notou uma mudança em sua aparência depois do jantar, depois que ela conversou com sua mãe e irmã na cozinha, mas ela não mencionou nada para ele, então ele não perguntou.

"Você está ansiosa para a festa hoje à noite?", ele perguntou.

"Agora mais do que antes. Conversei com minha mãe e Shelby ontem à noite. Fui honesta e espero que isso se traduza em um relacionamento melhor para nós no futuro", disse ela, olhando para a água.

"Fico feliz em ouvir. Tive que me conter para não dar um soco no Andrew e não sou o maior fã da sua irmã".

Ela riu. "Eu também não sou, mas vamos ficar bem".

"Ótimo".

Ele e ela ficariam bem? A pergunta queimou um buraco em sua alma. Ela disse que estava se apaixonando por ele, mas ela continuaria quando soubesse de seu plano para derrubar a fusão de seu pai? Ele apostava que ela não esperava que ele fosse um filho da puta amargo e vingativo. Ela pode até se sentir usada por ele.

"O que está te preocupando?", ela perguntou, puxando-o de seus pensamentos. "Sua mãe está bem?".

"Sim. Recebi um bom feedback das enfermeiras. Ela está comendo e não incomodando muito – uma delas gosta de assistir TV com ela".

"Que bom", disse ela, lançando um sorriso caloroso em sua direção. "Você ama sua mãe. Sua expressão muda quando você fala sobre ela. Ela é sortuda".

"Obrigado. Estou feliz por ter sido capaz de dar a ela mais conforto depois da nossa infância".

"Você não fala muito sobre sua infância. Ou até mesmo sobre seu pai".

Eu te digo o máximo que posso. Confiar a ela a verdade sobre seu pai o tornaria vulnerável para o resultado. Além disso, em geral, ele contou a ela mais sobre sua vida do que qualquer outra pessoa com quem namorou. "O que você quer saber?".

"Como você se sente sobre ele? Eu vi vocês dois interagirem e vocês mal falam sobre qualquer coisa que não esteja relacionada ao trabalho. Achei que um dos motivos para ele te convidar para trabalhar nos Estados Unidos era para se conhecerem, talvez para criar um vínculo. Não foi por isso que você aceitou vir? Você é super rico. Você não precisa trabalhar na empresa dele".

"Algumas coisas levam tempo".

"Sim, mas deve haver o mínimo esforço de ambas as partes".

"Desde quando você é especialista em relacionamentos?", ele perguntou, então um segundo depois, odiava como ele soava defensivo. E se ela continuasse sondando-o, no entanto? Ele não seria capaz de manter suas mentiras por muito mais tempo. Contudo, antes que qualquer coisa acontecesse, ele precisava seguir em frente com Samantha.

Ela franziu a testa. "Só estou tentando ajudar".

"*Je suis désolé*", ele se desculpou. "Eu sei que você está tentando ajudar. Vou ter que pensar no que você disse e ver se posso começar a fazer mudanças".

"Esse é um primeiro passo maravilhoso".

"Por que você está tão interessada em ser a mediadora entre meu pai e eu?", ele perguntou, olhando-a diretamente nos olhos. O que ela poderia ganhar com isso? Seu chip cínico estava em alerta máximo. Ele não queria acreditar que ela havia declarado seu amor por ele para ganhar sua confiança e colocar em ação qualquer esquema que seu pai havia traçado.

"Porque ele parece querer. Talvez você também queira, você simplesmente não age assim. Quer dizer, você se mudou da França, deixando sua mãe, para vir dar uma chance, certo? Por que mais você teria vindo?".

"Certo", ele disse rapidamente. Ele teve que esmagar qualquer raciocínio que pudesse levá-la a descobrir o verdadeiro motivo de sua mudança. "Eu preciso melhorar. Tentar mais", disse ele. Por um breve momento, a ideia passou na parte de trás de sua cabeça. Seu pai era diferente hoje do homem que ele foi décadas atrás? Ele tomaria as mesmas decisões?

Ela beijou sua bochecha. "Você consegue. Estou aqui se precisar de alguma coisa".

Ele sorriu. Ela era tudo que ele precisava — e esse era o maior problema de todos.

"Está se divertindo?", Bill, seu pai, perguntou mais tarde naquele dia, durante a festa.

Fios de luzes brilhavam no quintal, junto com lanternas de papel branco de diferentes tamanhos penduradas nas árvores. Uma bela fonte de água ocupava o centro do palco, cercada pelas mesas cobertas de linho.

Mais cedo naquela noite, Bill e Doris renovaram seus votos, e um pastor que também era amigo da família lhes deu sua bênção. O casal até dançou com a mesma música que fizeram na noite de núpcias, enquanto a multidão os aplaudiu.

Agora, uma banda de três homens tocava.

"Sim. É animado", disse.

"A segunda vez é mais fácil", disse Bill, então riu de si mesmo. "Sabe, talvez você e Kira possam ter uma segunda festa de casamento aqui no Texas. Para que toda a família dela possa vir, e adoraríamos conhecer sua família também".

"Vou falar com ela sobre isso", disse ele. Ela parecia estar se dando bem com sua família, mas eles nunca discutiram seu relacionamento além do tempo combinado. *O tempo do contrato,* ele se lembrou. O futuro de seu relacionamento era como uma fina camada de gelo que ambos temiam pisar. Então, eles simplesmente evitaram o assunto, embora no fundo ele soubesse que eles teriam que trazê-lo à tona algum dia. Mas, ele também teria que contar a ela a verdade sobre suas intenções de se mudar para a América, o que significava que ele só poderia contar a ela depois de atingir seu objetivo. Seria tarde demais? "Tenho certeza de que ela ficará empolgada", acrescentou.

Seu sogro lhe deu um tapinha nas costas. "Nós esperamos que sim. Este é um ano de votos para nossa família. Estou ansioso para conhecer seu povo também".

Uma onda fria de tristeza o invadiu. "Claro", disse ele. Quem ele levaria para um casamento tão hipotético? Sua mãe estava fora do reino das possibilidades – isso só a confundiria. Seu pai... Uma sensação agridoce se formou em seu estômago. Ele apostou que seu pai gostaria de ir a um casamento com essa simpática família texana, tirar algumas fotos e postar para parecer o bilionário simpático. Ele não se importava com o bem-estar de seu único filho. Ele não se importou toda a sua vida, por que ele começaria agora?

Ele conversou com o pai dela até que outro convidado chamou Bill, o pai dela pediu licença e foi falar com alguém. Então, ele enfiou os dedos no bolso e olhou ao redor do quintal. As pessoas conversavam, riam e apreciavam a comida e a bebida.

Ela tinha se preocupado com essa visita, mas a família dela não mordia. Eles eram pessoas boas, comuns. Kira era a extraordinária em sua família, a única com quase nenhum defeito. Certamente, nenhum que ele pudesse se lembrar rapidamente. Ela tinha que tê-los, mas...

"Você quer dançar?", perguntou a voz feminina atrás dele, com aquele sotaque texano ao qual ele se acostumou.

Ele circulou para encará-la... Deus, ela era linda. Hoje à noite, ela usava um vestido verde profundo sensual que realçava seus olhos expressivos e cabelos ondulados. Tudo o que ele queria era levá-la para seu quarto e mostrar a ela o quanto ele a desejava. "Quero fazer muitas coisas com você, mas dançar não é uma delas".

Ela estendeu a mão, com um brilho travesso em seus olhos. "Azar, docinho".

***

Kira mergulhou em seu abraço. Havia alguma coisa em que seu marido não era bom? Ela suspirou.

Quando ela o viu sozinho, observando a multidão, seu coração disparou em seu peito. Mesmo que ela estivesse com sua família, as pessoas que a conheciam desde o nascimento, um olhar para ele e era tão claro que ele era sua casa. Ele era a quem ela pertencia.

Ela não gostava de dançar, mas queria ficar perto dele, e dar uns amassos na frente de sua família não seria bom, nem correr para seu quarto na casa, que estava lotada de gente.

Então, agora, ela tinha que se contentar com a dança. Tocar e sentir.

A banda tocou uma versão bluegrass de *Eu vou sempre amar você*. A maneira como ele se movia contra ela, a força de seu corpo, o calor poderoso que penetrava em suas roupas, enviou arrepios de excitação para seu núcleo.

"Você foi dançarino em uma vida passada?".

Sua risada calorosa reverberou através dela. "Pode ser. Minha mãe me ensinou a dançar. Ela gostava... isso a ajudou quando ela estava sobrecarregada".

"Dançar com você me deixa sobrecarregada", ela disse, sua voz mais rouca do que pretendia.

Seu pau duro cutucou sua barriga, a resposta silenciosa que ela não sabia que precisava. "Posso dizer a mesma coisa", disse ele baixinho e segurou-a mais perto. "Que tal irmos para o quarto?".

Ela balançou a cabeça. Por mais que ela quisesse, ela não podia. *Droga.* "Você sabe, há uma trilha de caminhada atrás da nossa casa que eu estava morrendo de vontade de mostrar a você. Bem ao lado do cinturão verde".

"Agora é o momento perfeito para me mostrar", disse ele, sua voz caindo uma oitava.

Ela ergueu o olhar para ele e fingiu inocência. "Tem certeza? Eu odiaria deixá-lo todo excitado com esse belo terno que você está vestindo".

"Eu posso correr esse risco".

Ela estendeu a mão, e ele segurou sua mão. Sorrindo, ela discretamente liderou o caminho do quintal até o pequeno portão de cerca que levava à trilha, lançando um olhar por cima do ombro para se certificar de que ninguém prestava atenção neles.

Mesmo que ele a seguisse, sua energia era dominadora. Sua palma estava quente, seus passos longos e precisos. *Jesus.*

Quando chegaram à trilha de caminhada, ela acrescentou um passo animado, acelerando o ritmo enquanto caminhavam até o barulho da festa desaparecer no fundo, e a lua cheia lançar um brilho sobre a área escura.

Ele a empurrou contra uma cerca alta de madeira, sua respiração ofegante. "Bom o suficiente".

Rosnando, ele a ergueu do chão e ela colocou as pernas ao redor dele para se apoiar. Com um esforço mínimo, ele desceu o vestido dela, amarrou em sua cintura, e gemeu quando tocou sua pele nua.

Ela não prometeu calcinha esta noite, e foi isso que ele conseguiu.

Ela separou os lábios, deixando escapar um longo gemido, e ele aproveitou ao máximo e passou a língua em sua boca. Um curto-circuito elétrico a atingiu, e pequenas ondas carregadas de êxtase a alcançaram.

Ela ouviu o farfalhar das calças dele, o zíper descendo, e apertou as coxas ao redor dele, precisando de mais. Logo, a cabeça grossa de seu pênis esfregou contra seu sexo, e ela estremeceu, seus músculos derretendo em um poço sem vergonha de necessidade.

Ela mordeu o lábio inferior, afundando os dentes em sua carne, ganhando um gemido dele. Em retaliação, ele enganchou as mãos sob sua bunda e bateu seu pênis todo o caminho até o punho, seu membro longo e grosso a enchendo até o ponto que ela podia sentir cada pulsação em suas paredes internas. Ela contraiu suas paredes internas, e foi a vez dele beliscar seu lábio, apenas aumentando sua libido já em brasa.

Ele retirou seu pênis no meio do caminho, e quando ele bateu de volta, suas coxas tremeram. Ela enfiou a mão dentro da gola de sua camisa, trabalhando em seus ombros, arranhando a ponta das unhas em sua pele. Quando ele deslizou um pouco de seu pau para fora dela e empurrou profundamente novamente, ela arranhou mais forte, continuando a dar e receber, até que fogos de artifício pontilharam os cantos de seus olhos.

Ele não desistiu, fodendo-a com força, profundamente e do jeito que ela precisava.

Logo, um poderoso orgasmo perfurou seu corpo, com a intensidade de um canhão. Ele a soltou logo em seguida, enquanto sacudia seu corpo, então derramou sua carga quente dentro dela, beijando seus lábios, sua bochecha, seu nariz.

CAPÍTULO 15

"E mais tarde hoje, você tem uma reunião com Steven Hargrove".

"Perfeito", disse ele.

Kira assentiu. Eles chegaram do Texas alguns dias antes, e ele estava se atualizando no trabalho. Ele também enviou uma mensagem para Samantha, perguntando se ela havia considerado sua oferta. Agora, seu objetivo era passar para a segunda fase de sua busca profissional. Uma vez que ela desse uma olhada em suas projeções e o tipo de influência que ele traria, ela estaria dentro. Sem mencionar a equipe de profissionais experientes.

Seu telefone tocou, e ele olhou para ele.

Interessante...

Venha para o meu apartamento para o almoço. Hoje. Você terá trinta minutos.

Uma mensagem da própria Samantha. Duvidava que trinta minutos fossem suficientes, mas era o progresso da última conversa. Além disso, isso significava que ela estava mordendo a isca... Ele despertou seu interesse.

Eu estarei lá, ele respondeu.

"Alguma boa notícia?", perguntou Kira.

Um nó cresceu em sua garganta. "Recebi mensagem do meu cabeleireiro. Ele me encaixou no almoço", ele disse, dizendo a ela a primeira coisa que veio à mente. Verdade seja dita, ele precisava de um corte de cabelo, e agora, se ele mentisse sobre algo relacionado a negócios, provavelmente ela entenderia. Uma dor aguda torceu em seu peito, a culpa o consumindo por dentro. Mas, ele tinha ido longe demais para mudar agora.

"Mesmo? Eu estava esperando que almoçássemos juntos", ela disse, um traço de decepção em sua voz.

"Quero estar no topo do meu jogo para a minha reunião mais tarde. Vamos jantar juntos".

"Ótimo, mas você quer dizer em um restaurante e com roupas, certo?".

Ele passou o dedo ao longo de seu nariz, então o beijou. "Não o que eu tinha em mente, mas posso dar um jeito".

Ela torceu o nariz para ele, e ele pegou a deixa e saiu, indo para o longo corredor que levava aos elevadores. Depois que ele apertou o botão, seu pai caminhou até ele, vindo de seu escritório.

"Dia cheio?", seu pai perguntou em francês.

"Sim".

Seu pai assentiu, então olhou para ele em silêncio.

Luc pegou seu telefone e fingiu ler seus e-mails. Ele nunca sabia o que fazer quando estava ao lado de seu pai sem uma zona de amortecimento, ou uma pessoa extra. Ou falando sobre o futuro da tecnologia para a Montague Corp.

"Sabe, Luc, talvez pudéssemos fazer algo neste fim de semana. Só nós dois. Jogar golfe e depois tomar uns drinks".

Luc engoliu em seco. Seu pai estava tentando passar tempo com ele e conhecê-lo, ou ele simplesmente ficou desconfiado do seu paradeiro? Talvez Samantha tivesse contado a verdade, que ele a procurou e estava tentando roubar o negócio bem debaixo do nariz de seu pai. "Certo. Parece uma boa ideia", disse.

Seu pai sorriu. "Excelente. Acho que vai ser bom para nós". Então, ele se virou e saiu, voltando para seu escritório. Deixando Luc em uma mistura de confusão e frustração.

Kira olhou para o relógio.

Sete da noite.

Ela pegou a taça de vinho branco que havia servido mais cedo e se esforçou para relaxar, mas isso se mostrou difícil. Onde diabos estava seu marido?

Ele tinha ido de sua nomeação de cabelo direto para a reunião e mandou uma mensagem para ela dizendo que estava atrasado. Ela terminou seu trabalho, usou o serviço de carro e voltou para casa para se trocar. Eles tinham reservas às 7h30, mas não havia como fazer isso com o tráfego.

O telefone dela tocou. Talvez fosse Luc?

Ela correu para o balcão da cozinha e o pegou da superfície lisa de mármore. A decepção abaixou seus ombros e arrancou um suspiro dela no momento em que viu o rosto de Richard na tela. "Olá?".

"Ah, oi Kira. Luc está com você? Tentei o celular dele, mas ele não atendeu".

"Não, ele não está aqui. Por quê?".

"Porque ele foi visto indo ao prédio de Samantha Fraser. E eu queria ter certeza de que ele ainda está se comportando, já que vocês dois estão indo tão bem aos olhos do público", ele disse, sua voz uniforme.

Seu coração flutuou pela garganta, então parou de bater por um segundo, e então tamborilou, muito mais rápido do que antes. "Quando ele foi visto?".

"Hoje, por volta da hora do almoço. Um paparazzo ganancioso me disse... Eu consegui comprar fotos dele, então estamos bem por enquanto. Eu só queria ter certeza de que ele está, hmmm, se comportando antes que isso piore".

Hoje.

A taça de vinho que ela estava segurando escorregou de suas mãos, batendo no azulejo.

"Está tudo bem?", Richard perguntou do outro lado da linha.

"Sim, claro... estou um pouco distraída. Hmm, você tem certeza de que ele foi visto no prédio dela e não em um restaurante?".

"Sim. O fotógrafo perguntou ao porteiro".

Ela podia sentir o sangue drenando dela, um brilho frio de apreensão cobrindo sua testa. Ele mentiu para ela. Ele deu a ela aquela desculpa de merda de corte de cabelo, então foi para o apartamento de uma mulher. Se eles se encontrassem no saguão de um hotel ou restaurante, ela teria sido mais branda, mas não, ele foi ao apartamento dela.

Claro, ele contou a ela sobre a propriedade que queria comprar de Samantha. Entretanto, por que mentir?

Por que ele não podia ser honesto com ela? Uma única vez?

Alguma coisa não ficou bem. Velhas memórias do momento em que ela encontrou sua irmã e Andrew na cama flamejaram em sua mente. Isso não era o mesmo, certo? Tinha que haver uma razão por trás disso. Quando estavam juntos, quando faziam amor, parecia tão certo.

Ele era tão bom ator?

"Kira?", Richard perguntou, trazendo-a para a realidade.

"Sim. Desculpe. Assim que ele chegar aqui, direi a ele para ligar para você".

"Excelente. É bom saber que pelo menos um de vocês é responsável. Tchau".

Ela colocou o telefone no balcão, as pontas dos dedos tremendo. Ela pegou um pedaço de papel-toalha e se ajoelhou no chão. Primeiro, ela pegou os pedaços maiores de vidro quebrado, colocando-os de lado, então enxugou o líquido que havia derramado sobre o piso de ladrilhos.

Lágrimas encheram sua visão, e logo, ela teve que se levantar e jogar um pouco de água fria no rosto. Por que a sensação estranha em sua garganta – a mistura de náusea com um aperto que ela não conseguia explicar – continuou a atacá-la?

Ela poderia encontrar todas as desculpas disponíveis para ela, mas aquela certeza profunda em seu intestino de que ele mentiu para ela não iria embora – não até que ela falasse com ele.

Ela buscou mais papel-toalha, enxugou com água da pia, então fechou a torneira e se ajoelhou novamente. Ela limpou o azulejo novamente, então pegou os papéis usados e os grandes pedaços de vidro e os jogou no lixo.

Estava prestes a ir para a despensa pegar a vassoura quando ouviu passos vindo em sua direção. Seus passos. Era incrível como ela sabia que ele estava perto sem ele sequer falar uma palavra.

Pequenos choques de pavor carregaram seu corpo de cima a baixo. Ela alisou a mão sobre o vestido, o elegante que ela escolheu para uma noite de encontro com o marido. Que tola ela tinha sido...

"Kira?", ele chamou, entrando na cozinha.

"Oi", ela disse, sua garganta seca. Ela inclinou a cabeça para olhar para ele, para prestar atenção em seu cabelo. A tristeza cresceu dentro dela, e ela deu um passo para trás. Parecia do mesmo jeito que tinha antes. Ele não teve um corte. *Ele mentiu para mim.* "Sem corte de cabelo?".

Ele tocou seu cabelo e balançou a cabeça. "Não, acontece que eu entendi mal".

"Não, fui eu quem não entendi", ela disse, sua voz mais afiada que um dente de tubarão. Ela confundiu seu desejo com amor, suas mentiras com a verdade. Ela lhe deu uma chance, abriu seu coração para ele, e agora, a realidade bateu em sua bunda. "Você foi visto hoje entrando no prédio de Samantha. Quando você me disse que cortaria o cabelo".

"Eu também disse que estaria trabalhando com ela na compra de uma propriedade".

"Sim, e também sei que você está mentindo. Estou plenamente ciente de que você pode trabalhar com pessoas sem levá-las para cama. Desta vez, neste caso, eu sei que você está mentindo", ela disse, então levantou o queixo um pouco, olhando para ele.

"Eu...", ele começou, então esfregou as têmporas e suspirou em sua mão. A admissão silenciosa de culpa que ela não esperava, mas ainda assim abriu um buraco em seu coração. Como diabos ela iria se recuperar disso?

Ela queria quebrar coisas, sacudi-lo, jogar um vaso caro contra a parede. Em contrapartida, seu exterior permaneceu imóvel, a combinação de choque e raiva endurecendo seus músculos, impedindo-a de estalar. "Conte-me. Eu mereço saber".

"Fui para a cobertura de Samantha, mas não dormi com ela nem nunca fiz nada desse tipo".

"Você ainda está aderindo à mentira de querer comprar o duplex dela?".

"Não". Ele andava de um lado para o outro, como se fosse um animal grande em uma gaiola grande o suficiente para ele mal respirar. Sua energia nervosa só aumentou seu tumulto interior. Ela deveria estar aliviada por ele não ter dormido com Samantha? Ela acreditou nele?

"Há uma razão pela qual eu quero estar do lado dela. Por que eu quero o apoio dela".

"O que você quer dizer?". Se era algo tão simples como fazer negócios com Samantha, por que ele não compartilhou com ela antes?

Uma escuridão se moveu em sua expressão. "Meu pai não é a pessoa que você pensa que ele é. Ele abandonou minha mãe, eu e meu irmão quando éramos pequenos para ir atrás de uma americana rica com quem ele estava tendo um caso. Aquela com quem ele acabou se casando".

"Eu sinto muito. Ele não agiu de forma correta, mas ele não achou que vocês dois morreram logo após a partida dele? Tenho certeza de que a culpa o consumiu por dentro", disse ela. Caramba, ela teria, em seu lugar... Ela nunca teria se recuperado.

Luc rosnou, e seus olhos nunca pareceram mais amargos. "Foi o que ele disse à mídia assim que minha existência se tornou pública. Ele sabia que eu ainda estava vivo. Eu era uma inconveniência para sua nova mulher e nova vida".

"Eu sinto muito".

"Eu não preciso da sua pena", ele mordeu de volta. "Naquele fim de semana quando ele foi embora, ele nem se despediu de mim. Ele deixou um bilhete, e minha mãe ficou surpresa. Ela não trabalhava fora de casa, não sabia muito sobre pagar contas. Ela estava atônita e tão abalada que não percebeu o início do incêndio que tirou a vida do meu irmão. Depois disso, ficamos sem-teto por um tempo, contando com a gentileza de familiares distantes para reconstruir nossa vida. Aquele homem nunca lhe ofereceu um centavo".

Ela puxou o banco do bar perto da ilha da cozinha, seus dedos tremendo. Ela pretendia se sentar nele, mas estava em tal estado de choque que mal conseguiu se apoiar nele. O que diabos ele acabou de dizer a ela? Pequenas pulsações cheias de ansiedade pulsaram através dela, roubando seu oxigênio por um momento. Ela queria mostrar-lhe empatia, pensar no menino que perdeu o pai, depois o irmão e, caramba, a família que ele tinha. Mas isso justifica o homem que ele se tornou? "Por que você se mudou para cá então?", ela perguntou, mas enquanto os pensamentos voavam em seu cérebro, um suspiro deixou sua boca. "Você está aqui para se vingar?".

"Estou aqui para tirar do meu pai o que importa – este acordo com a companhia aérea de Samantha".

A surpresa a atingiu com força total. Agora tudo fazia sentido. As reuniões secretas com Samantha. O súbito interesse de Charles pelo paradeiro de Luc. Obviamente, Charles pelo menos suspeitava disso – a razão pela qual ele pediu a ela para ficar de olho em seu filho. A única que não tinha ideia do que estava acontecendo era ela. "Quero dizer... eu sei que sua infância foi dificílima, mas isso é muito pesado. Como você acha que vai conseguir?".

Ele se esticou em toda a sua altura, sua coluna travada no lugar. Um brilho de desafio tocou seus olhos. "Por que você quer saber? Você diria a ele? Eu sei por que você está aqui também, Kira. Meu pai deve ter oferecido muito para você me espionar".

O calor aqueceu suas bochechas e pescoço. "V-você sabia? Desde quando?".

"No minuto em que você me acordou quando nos conhecemos".

A compreensão a atingiu, seu sangue congelando profundamente em suas veias. Ela não era uma santa, mas tinha sido uma idiota por acreditar que ele não iria entender. "Então você me enganou todo esse tempo quando você já sabia".

"Eu não poderia arriscar contar a você, Kira. Eu não te conhecia naquela época".

Tudo tinha sido uma mentira? Ele a seduziu para tê-la do seu lado? Para distraí-la? Um gosto amargo rastejou em sua garganta. Ela tinha sido um peão em um jogo que não sabia até que ponto estava jogando. "É por isso que você estava flertando comigo? Por que você queria ficar um passo à frente?".

Os contornos de seu rosto se suavizaram e ele soltou um suspiro. "Isso passou pela minha cabeça, sim, mas não posso negar que estava e estou atraído por você. Isso nunca foi uma mentira".

"Eu não sei mais no que acreditar", disse ela, seu ânimo afundando mais. Ele mentiu para ela muitas vezes para saber a diferença. Claro, ele tinha uma razão, mas ela não podia apoiá-lo nessa busca de vingança.

Ele deu um passo em direção a ela, mas ela levantou a mão, dando-lhe o sinal claro de que ele deveria ficar parado, e ele aquiesceu. "Acredite, eu te amo, Kira. Não estou mentindo. O amor que encontramos é a única coisa boa da minha vingança".

Sua declaração a sacudiu por dentro, e ela não conseguia decidir se acreditava nele ou não. "Mas não precisa ser. Olha, e se seu pai mudou? E se ele não for o homem que era décadas atrás?", ela disse, oferecendo-lhe uma nova perspectiva.

Ele apertou os lábios, seu olhar percorrendo a cozinha por um momento, como se ele considerasse o que ela disse. "Isso não apaga o que ele fez".

"Não... mas você pode continuar tentando encontrar uma maneira de fazer isso direito".

"Por que não? Quem é você para me dizer isso? Você acabou de dizer à sua família como se sentiu depois de uma vida inteira sendo aproveitada por eles".

"É por isso que estou te dizendo. Você não pode engarrafar as coisas. Lembra que eu lhe disse que meu cachorro pretinho Harry foi levado por causa da alergia recém-descoberta de Shelby? Bem, meus pais não queriam que eu sofresse, então eles fizeram isso sem me dizer. Eles tinham boas intenções, mas eu nunca tive a chance de dizer adeus, e isso só aumentou minha frustração. Enfim... o que quero dizer é... fale com seu pai. Tenho certeza de que ele precisa tanto quanto você. Posso dizer que ele se arrepende de suas ações", disse ela, lembrando-se da troca que compartilharam.

Ele franziu a testa. "Você conversou com ele sobre isso?".

"Nós não nos aprofundamos no assunto, mas eu posso dizer..."

O músculo em sua mandíbula saltou. "Você se concentrou tanto na minha mentira, que eu não perguntei sobre o que você mentiu para mim. Até onde eu sei, você poderia ter contado a ele mais sobre mim do que eu jamais poderia imaginar".

Que diabos? Como é que ela era a vilã de repente? "Eu não. Ele queria que eu ficasse de olho em você, mas nunca falou comigo sobre o acordo da companhia aérea ou qualquer coisa assim".

"Mas eu não posso ter certeza, posso? Eu só tenho que confiar em você".

Confiar nela? Que tal ela confiar nele? O ar saiu de seus pulmões, a decepção apertando seus ombros. Que tipo de futuro ela teria com ele se eles nunca tivessem uma ficha limpa? O amor deles começou com mentiras, de ambos os lados, mas tinha que continuar em um caminho tão desonesto? Ela mordeu o interior de sua bochecha com tanta força que poderia jurar que sentiu gosto de sangue. O que ela tinha que fazer e o que ela queria fazer eram duas coisas diferentes. Mas caramba, ela não seria capaz de viver consigo mesma se não tentasse ver onde eles estavam. "Sim. E confie nisso... Você não pode ter essa vingança e eu. Se você ainda me quer em sua vida, você terá que escolher", disse ela. Ela não poderia apoiá-lo de bom grado se ele continuasse com esses jogos.

Ele se retirou, inclinando a cabeça para um lado, provavelmente analisando suas escolhas. Então, ele passou a mão no cabelo, a frustração evidente em seu rosto bonito. Um rosto que ela sentiria falta se ele não a escolhesse. "Eu fui longe demais, Kira. Não posso voltar atrás. Seja razoável".

Lágrimas brotaram por dentro, mas ela as impediu. Agora não era hora de mostrar fraqueza. "Eu não posso ser sua esposa, apoiá-lo e deixar essa energia negativa e sombria prejudicar nosso relacionamento. Não é justo e não é saudável".

"Não posso me afastar agora".

Ela assentiu e desviou o olhar. "Então sua escolha está feita. Vou fazer minhas malas".

CAPÍTULO 16

Luc esfregou os olhos.

Ele ficou acordado a noite toda, então pela manhã ele não apareceu para trabalhar. Ele não era do tipo que faltava ao trabalho a menos que tivesse uma boa razão – e sua assistente provavelmente estava faltando também. Ele mandou uma mensagem para Richard e disse que não poderia ir trabalhar, e Richard ligou e disse que nem sua esposa havia ido.

Richard continuou a fazer perguntas, mas Luc se esquivou e desligou.

A manhã mudou para a tarde e, porra, ele ainda não tinha ideia do que faria. No dia anterior, Samantha o havia dado autorização para agendar uma reunião com toda a equipe. Ela gostou da ideia dele. E ele pensou que parte da equação havia sido resolvida.

Porém, quando ele voltou para casa...

Luc se mexeu no sofá, esperando encontrar a posição certa para extinguir a sensação de perda que o cercava desde que ela partiu. Ele foi pego desarmado e não sabia como reagir. Tentou mentir no início, depois teve que passar porque ela já o conhecia demais – o que também o despojou da autoconfiança que ele achava que poderia se agarrar.

Por que diabos ele estava tão chateado? Ele conseguiu o que queria. Uma vez que Samantha os ouvisse, não havia como recusar. Ela estava mais do que aberta à ideia. Ela não queria um pingo de controvérsia em seu nome. Isso é o que seu falecido marido teria desejado.

Frustrado, ele passou os dedos pelo rosto. Por que essa vitória não parecia mais o suficiente?

Ele viveu sem Kira antes. Ele aprenderia a viver sem ela depois.

Mas ele queria ficar sem ela? O resto da vida?

Uma sensação nauseante se espalhou por seu peito, enviando seu coração a uma confusão de tambores. A campainha tocou. Quem poderia ser? Ele disse à equipe de limpeza para não vir hoje – a última coisa que ele precisava era de muito barulho ao seu redor. Afinal, ele já estava lidando com toda a névoa em seu cérebro.

Amaldiçoando baixinho, ele se arrastou do sofá para uma posição ereta e caminhou até a porta – esperando que Richard estivesse do outro lado da porta. Muito provavelmente, ele percebeu que algo estava errado, com Luc e

Kira não indo trabalhar, somado ao boato dele ser visto entrando na casa de Samantha.

Em circunstâncias normais, ele não expulsaria um homem de sessenta e poucos anos de sua casa, mas hoje não era um dia normal. E falar sobre planos estratégicos para parecer melhor era a menor de suas prioridades, principalmente quando se sentia um lixo.

Ele abriu a porta, apenas para encontrar um homem mais velho diferente em sua porta.

O pai dele.

"Posso entrar?", ele perguntou.

"Claro", ele disse sem muito entusiasmo, e deu um passo para trás, gesticulando para seu pai entrar com ele.

Kira contou a ele sobre o que ele disse a ela? *Não, não seja paranoico.* Mesmo que tivessem terminado, ele não podia imaginar Kira o traindo – ele foi quem a traiu. Esse pensamento sozinho esvaziava sua alma.

"Richard me disse que você não foi trabalhar hoje", disse seu pai quando eles se sentaram na sala de estar. "Você está bem?".

Luc abriu a boca para dizer algo irônico sobre como isso o fazia se sentir como se ele tivesse seis anos de idade e Richard um diretor preocupado ligando para seus pais para ter certeza de que ele estava bem. Entretanto, sua piada ficou presa em sua garganta quando as palavras de seu pai ecoaram em seus ouvidos. *Você está bem?* Ele nunca imaginou que se importaria. "Garanto que não estou atrasado em nenhum projeto com a equipe de tecnologia".

Seu pai acenou para ele, impaciente. "Eu não quero dizer isso. Deus, Luc. Como você está? Eu sei que Kira também não foi trabalhar, e ela não está aqui, e eu quero ter certeza de que você está bem".

Um pouco tarde demais para se importar, não foi? "Por quê? O nosso casamento é de conveniência", ele disse calmamente, mesmo que cada fibra de seu ser o repreendesse por isso.

Seu pai cruzou uma perna sobre a outra e fez um gesto desdenhoso com a mão de quem não acreditava no que ouvia. "Isso é o que Richard disse. Eu não poderia discordar mais".

"Por que?". Inquieto, ele se levantou e caminhou até a área do bar molhado, pegando seu uísque favorito e dois copos do armário. Algo lhe dizia que precisava de bebida forte para continuar essa conversa. Serviu-se e a seu pai uma boa quantidade e voltou, dando-lhe a sua.

Seu pai estudou o conteúdo de âmbar antes de tomar um gole. "Eu vi vocês dois. A maneira como ela olha para você, ou fala sobre você. Posso ser muitas coisas, mas um idiota não é uma delas".

Luc tomou um gole, o líquido poderoso queimando sua garganta, deixando um sabor forte. "OK".

Charles colocou o copo na mesa lateral e se arrastou até a beirada do sofá, os olhos fixos nos de Luc. "Ouça, Luc, me desculpe. Eu fui um bastardo para sua mãe e tenho certeza de que você sabe disso".

A admissão foi como um soco no estômago de Luc, que apertou em resposta. Uma consciência varreu sob sua pele, sua reação visceral ao pedido de desculpas de seu pai não era algo que ele pudesse controlar. Ele sabia que pedir desculpas não era suficiente e não tinha certeza se acreditava nele. Por exemplo, poderia ser um plano para colocá-lo em seu lado bom se Samantha ou mesmo Kira compartilhassem os planos de Luc com Charles. Ainda. Ele não pôde deixar de perguntar: "Por que você nos deixou?".

Seu pai se levantou, a energia inquieta escorrendo dele enquanto ele mudava de um lado para o outro, andando em um pequeno círculo, aparentemente incapaz de se sentir confortável. "Porque eu tinha ambições e, quando tive a oportunidade de trabalhar nos EUA, meu relacionamento com sua mãe não era bom".

"Você quer dizer que ela descobriu", disse ele, incapaz de manter o tom acusatório de sua voz. Ele sabia que enquanto seu pai trabalhava como gerente de recepção em um hotel cinco estrelas, ele conheceu uma herdeira americana super rica que se apaixonou por seus encantos.

"Sua mãe sabia há um tempo. Naquela época, as coisas eram diferentes... e ela não deu muita importância a isso. Não que isso seja certo. Eu sei disso agora".

"Então você poderia ter continuado com minha mãe, mas você não o fez por sua própria escolha". Ele poderia ter criado seus filhos. Ele poderia ter...

"Sim. Quero dizer, eu não poderia ter continuado com sua mãe... mas poderia ter continuado com você e seu irmão". Sua voz vacilou, e lágrimas encheram seus olhos.

A tristeza apertou a garganta de Luc. Ele poderia ter crescido sendo uma criança, e não um cuidador, anos sendo um filho e não a graça salvadora de sua mãe. Seu pai foi embora, seu irmão morreu, sua mãe não estava bem e ele... ele perdeu muitos anos também. "Sim, você podia".

Lágrimas caíram dos olhos de seu pai e ele as enxugou com as costas da mão. "No começo, eu disse a mim mesmo que mandaria chamar vocês dois depois que me instalasse nos EUA. Mas então eu percebi que sua mãe precisava de você, eu não poderia tirar você dela", ele disse, sua voz vacilante.

"Sua esposa certamente não se importou com essa decisão", disse ele, depois evitou desenvolver essa linha de pensamento. Seu pai tinha sido o culpado, não sua então esposa. "Você percebe que não está parecendo o pai do ano, certo? De qualquer ano".

"Sim. Eu prometo a você que não houve um dia em que eu não pensei em vocês dois. Liguei para sua mãe algumas vezes, tentei argumentar com ela, mas ela estava muito amarga para concordar comigo em me deixar falar com você".

"Ela nunca me disse isso", disse ele, uma parte cínica dele se perguntando se seu pai estava mentindo agora. Embora por que ele iria? Ele poderia ter mentido sobre todas as outras coisas e se tornado melhor. Luc se perguntou se deveria lhe dar o benefício da dúvida.

Ele tocou sua testa. "Uma parte de mim está agradecida. Eu sei que teria sido mais fácil para você me odiar do que ainda me querer por perto".

Um fogo se formou no coração de Luc, muitas emoções lutando entre si. "E a morte de Marcel?".

"Visitei seu túmulo quando descobri, meses depois. É a terceira sepultura à esquerda na seção do cemitério. Sei disso porque o visito toda vez que estou na França".

A localização que ele deu a ele estava correta. O ressentimento em seu peito mudou um pouco, não se dissipando completamente, mas dando espaço para uma nova emoção. Esperança? "Por que você nunca me procurou? Como um adulto?".

"Porque eu sei que errei e sou ruim em consertar meus erros na minha vida pessoal. Minha querida esposa ficou ressentida comigo porque eu não queria ter filhos. Eu não achei que seria justo, acrescentar mais crianças neste mundo quando eu não estava sendo um pai presente para o que eu ainda tinha. Ela nunca superou isso, e não posso dizer que discordo".

Luc deu um passo para trás até se sentar em uma cadeira, o peso das revelações o mantendo imóvel. Ele se perguntou por que seu pai nunca teve mais filhos. Afinal, ele tinha que deixar seu legado para alguém, e Luc não precisava nem queria nada disso. Poderia haver uma pequena parte de Charles que realmente tivesse esse senso de autoconsciência? "Por que você está me contando tudo isso agora?".

"Estou cansado de olhar de fora. Desde que você se mudou para cá, eu esperava que as coisas entre nós acontecessem de forma mais orgânica, mas então percebi outro dia depois de conversar com Kira que isso não aconteceria a menos que eu agisse. Fui covarde por muito tempo e não estou ficando mais jovem. Eu gostaria de deixar este mundo uma pessoa melhor do que tenho sido".

"Kira, aquela que você contratou para ficar de olho em mim?".

Ele lhe deu um pequeno sorriso. "Ela fez um péssimo trabalho como espiã em potencial. Mal me disse nada. Mas então algo melhor aconteceu entre vocês dois".

"Já que você está sendo honesto, eu vou ser honesto também. Eu conheci Samantha e estamos planejando tirar a fusão de você", disse ele, como um último teste para a bondade recém-descoberta de seu pai. O homem que ele achava que conhecia nunca aceitaria tal ameaça de ânimo leve, e era melhor saber agora, em vez de ser enganado por ele.

Seu pai pegou o lenço do bolso interno, com suas iniciais, e o enxugou nas bochechas. "Eu me perguntei se você estaria tramando algo quando aceitasse se mudar para cá. Acho que é melhor do que você me envenenar".

Luc engoliu o nó em sua garganta. "Isso é tudo que você tem a dizer?".

Seu pai suspirou. Um toque de bondade e arrependimento brilhou em seus olhos. "Se tirar essa fusão de mim vai compensar todo o mal que causei a você, então não vou impedi-lo. Se você é apaixonado por isso, você ainda tem a minha bênção. Tudo o que sei é que não estou ficando mais jovem e gostaria de ter a oportunidade de fazer a única coisa que, com todo o meu dinheiro e poder, não pude – ser seu pai".

Luc tocou seu coração, que estava trabalhando para galopar de seu peito. Ele poderia fazer isso? Ele poderia acreditar em seu pai, pelo menos uma vez? Ele seria corajoso em lhe dar uma chance, ou estúpido? "Eu não sei o que dizer".

Seu pai sentou-se ao lado dele e tocou seu cotovelo, levando-o a olhá-lo nos olhos. "Você não precisa tomar nenhuma decisão agora. Basta pensar sobre isso. Agora que colocamos todas as cartas na mesa, você acha que pode me dar uma chance de conhecer o homem que você se tornou?".

Mais uma vez, a umidade evaporou da garganta de Luc. "E se você não gostar do que vê?".

Seu pai sorriu. "Isso, meu filho, é um risco que estou disposto a correr".

CAPÍTULO 17

"Kira, você disse a seus pais que deixou seu marido?", perguntou Poppy.

Billie apertou a mão de Kira, como se ela estivesse doente.

Kira gemeu em resposta, então cruzou e descruzou as pernas, sem saber como ficar confortável no sofá. Nos últimos dois dias, ela realmente não tinha feito muito. Ela escreveu sua demissão mais tarde para o departamento de recursos humanos, mas ainda não a enviou. Ela também sabia que tinha que entrar em contato com Luc, como seu futuro ex-marido e ex-chefe.

E em breve serei ex-qualquer coisa. Deus, sua decisão precipitada de deixá-lo garantiu que ela tivesse perdido tudo. Ela deixou seu emprego da pior maneira, menos profissional, e seu abandono de Luc com certeza se tornou uma violação do contrato, que ela tinha certeza de que Richard e os advogados iriam apontar. Richard não era mau, mas trabalhava para o diabo — os dois.

Ela suspirou e deu a suas primas um sorriso fraco. Ela disse a elas que teve uma briga com Luc, mas ela se recusou a contar a elas sobre seu plano de vingança.

"Kira?". Billie olhou para ela.

Kira piscou para fora de seus devaneios. "Não. Eu não contei para mamãe ou papai. Por favor, não mencione isso para ninguém ainda", ela pediu. Oh, a alegria de ter seu status de recém-casada arrancado tão cedo.

"Tem certeza de que não pode consertar as coisas? Se você nos contar o que aconteceu, podemos ajudá-la", disse Poppy. "Vocês dois pareciam estar se dando tão bem".

"Sim", acrescentou Billie, "quer que a gente dê um tapa na cara dele? Ou pé na bunda?".

"Não. Talvez. Sabe de uma coisa? Não", ela disse, preocupada que Billie pudesse levá-la a sério. Das três, Billie sempre foi a moleca enérgica. Seu pai sempre quis um menino, então é justo dizer que ele colocou muita pressão em Billie para preencher essa lacuna.

"É melhor você falar sério porque você sabe que ela vai atrás dele", disse Poppy. "Fala tudo, garota".

"Talvez devêssemos ter ficado com a parte falsa do casamento. É só que... não foi fácil para mim confiar em alguém. E ele tem sido tão maravilhoso. Agora me pergunto se mergulhar de cabeça não foi um erro estúpido", disse ela, tentando ao máximo permanecer vaga e não dizer nada que pudesse colocar ela ou mesmo ele em apuros.

Ela não tolerava seu plano de vingança e não poderia viver com ele se ele tivesse tanta escuridão em seu coração. Ao mesmo tempo, ela não iria estragar tudo para ele. Não era o lugar dela, e ela ainda sentia um estranho senso de proteção por ele.

"Você se apaixonar por ele foi incrivelmente romântico". Poppy tocou seu peito, em seu típico jeito otimista.

"Sim. Acho que esse tipo de coisa não é realmente prático".

"Quando você estiver pronta para conversar mais, estamos aqui", Billie ofereceu. "E a oferta de machucá-lo permanece".

Uma risada flutuou em sua garganta. Ela imaginou Billie, com um metro e sessenta, tentando dar um soco no rosto do marido alto. Talvez seu estômago? Ela decidiu não expressar sua sugestão.

"Vou sair disso em breve. Obrigada por me aceitar de volta", disse ela.

"Claro".

A campainha tocou e Billie correu até a porta para pegar a comida chinesa que elas pediram. Enquanto sua prima pegava as duas malas, Kira se levantou do sofá. Ela não estava com fome, mas talvez uma caminhada lhe fizesse bem. Ela estava neste apartamento nos últimos dois dias, e o ar fresco faria bem a ela.

Além disso, longe de suas primas e suas perguntas.

"Vou sair um pouco. Para arejar minha cabeça", disse ela, e felizmente a comida as distraiu, porque elas não protestaram ou se ofereceram para acompanhá-la.

Ela olhou para suas calças de moletom, muito longe das roupas chiques em seu outro armário, colocou alguns chinelos e saiu.

Uma boa caminhada era tudo o que ela precisava.

Mas, ao se misturar à multidão que caminhava, seguindo o fluxo das pessoas sem realmente ter para onde ir, a mesma tristeza de seu apartamento a manteve refém. *Droga.*

Ela amava Luc. Este desgosto foi muito pior do que Andrew. Ela não viveu com Andrew um terço do que ela viveu com Luc.

Andrew tinha sido um homem agradável, com um bom emprego e sem muitos defeitos. Seguro.

Luc virou sua vida de cabeça para baixo. Ele a tirou da sua zona de conforto, mesmo que não quisesse que isso acontecesse. Ele a conheceu, a inspirou a ser mais aberta com seus pais e enfrentar seus problemas.

Ele a levou para sua casa na França, onde ela conheceu sua mãe. Ele compartilhou essa parte de sua vida com ela.

Ela tinha sido muito hipócrita quando o fez escolher entre ela ou a vingança?

Ingênua, talvez. Talvez ela pensasse que o Sr. Montague viraria uma nova página. E se não fosse esse o caso? Além disso, ela tinha que inventar uma desculpa para não poder mais estar nesse casamento fajuto e comunicar a Richard e o Sr. Montague.

Ela não podia dizer-lhes a verdade.

Mesmo que ela discordasse dele, ela ainda tinha que proteger Luc. De alguma forma.

"Kira! Kira!".

Ela ouviu seu nome, seu cérebro trabalhando para registrar a voz masculina familiar, mas seu coração fazendo um trabalho mais eficiente e reconhecendo-o instantaneamente.

Ela se virou na direção da voz, ouvindo-a mais alto, mais perto.

"Kira!".

Contudo, uma enxurrada de pessoas se afunilando ao redor dela tornou isso difícil.

Até...

Luc correu em sua direção, com um filhote de cocker spaniel preto em seu braço.

Ela balançou como se alguém tivesse acabado de esbofeteá-la, sem saber se ela estava vendo a realidade ou um universo alternativo. Mas, quando ele encurtou a distância entre eles, seus batimentos cardíacos batendo em todos os seus pontos de pulsação, tornou-se muito real.

Ela caminhou alguns passos para longe da multidão e sob o toldo de uma loja de eletrônicos. "O que você está fazendo aqui?", ela perguntou. Ele trouxe o cachorro como suborno em troca do silêncio dela? Se fosse o caso, ela aceitaria totalmente. Sua atenção se dividiu entre o cachorrinho fofo, inconsciente da loucura ao seu redor, e o rosto de Luc, seus olhos procurando os dela.

"Eu bati na porta do apartamento, mas suas primas disseram que você saiu para passear", disse ele, recuperando o fôlego.

"Sim, eu entendi isso. Quero dizer, o que você quer?", ela perguntou, internamente dizendo a si mesma para se acalmar.

"Conversei com meu pai, como você sugeriu", disse ele. "Bem, mais como ele veio falar comigo, mas também como você sugeriu a ele".

Ela se inclinou mais perto, animada para ouvir sua resposta. "E?".

"Eu concordei em dar a ele a chance de me conhecer novamente".

Um brilho quente fluiu através dela, e seus ombros caíram como se ela tivesse acabado de remover uma fantasia pesada. Seu marido teimoso deu a seu pai uma segunda chance. *Isso significa que este cachorro é um presente de agra-*

decimento? ela se perguntou. "Então. Não há mais plano de vingança?".

Um sorriso curvou seus lábios. "Não. Eu retirei minha oferta e mesmo que ele queira que eu esteja ao seu lado na fusão, eu não quero. Aviação não é minha paixão. Também conversei com Samantha e concordei em não ir contra meu pai publicamente".

Uma pontada de esperança apunhalou seu coração. Isso também poderia ser um novo começo para os dois? *Não se precipite, Kira.* "Estou feliz que vocês dois estão trabalhando nisso. Que maravilha".

Ele olhou para baixo. "Me desculpe, eu não te contei sobre meu plano original e menti sobre a coisa toda de Samantha".

"É por isso que você trouxe esse cachorrinho adorável? Como um presente de perdão?", ela perguntou, incapaz de manter a expectativa de sua voz.

"Eu dirigi duas horas para buscá-lo. Eu o peguei porque ouvi quando você disse que Harry foi tirado de você quando criança. Eu tive coisas tiradas, também. Isso pode ser loucura, mas nós dois... temos muito para dar um ao outro".

De repente, ela se sentiu tonta. Uma sensação inesgotável de paz e alegria a encheu. Ela estava caindo e voando ao mesmo tempo, e foi extraordinário. "Luc...".

"Eu não terminei de me dar a você, Kira. E você também não acabou. Para sempre não é tempo suficiente para nós".

Ele acariciou sua bochecha, sua carne se aquecendo em resposta. "Eu amo você. Eu quero você na minha vida".

"Tem certeza?", ela perguntou, sua voz rouca.

"Eu te quero tanto. Pertencemos um ao outro, Kira. Por favor, deixe-me passar minha vida mostrando a você".

"Na verdade, o truque do cachorrinho funcionou".

Ele a colocou no círculo de seus braços e a puxou para um beijo. Ela sentiu o cachorrinho em seu peito e o pegou de suas mãos, tomando cuidado para não o esmagar. Então, ele capturou seus lábios com os dele novamente, acariciando sua língua com a dele, enviando arrepios de desejo insano por sua espinha até seu sexo.

"Arranjem um quarto, vocês dois", disse um pedestre com uma voz divertida.

"Esse é um conselho que definitivamente devemos ouvir".

Ela acariciou o pelo macio do filhote, que fez um som que mostrou que ele estava contente. "Talvez precisemos parar em uma loja de animais primeiro. Para comprar ração, essas coisas".

"Já fiz isso".

"Olhe para você, sendo super eficiente".

Ele beijou sua bochecha. "Eu queria ter você comigo o mais rápido que eu pudesse".

Ela lambeu o lábio, ainda o saboreando e tão feliz por saber que todos os dias de sua vida seriam assim. Com ele, ao seu lado. Então, ela pegou a mão dele, pronta para tirá-lo da multidão. Ela pode ter se sentido como a segunda escolha para uma boa parte de sua vida, mas não mais. "O que posso dizer? Muito bem, docinho".

EPÍLOGO

D *ois meses depois...*

"Como estou?", Kira perguntou, virando-se depois que ela conseguiu entrar em seu vestido de noiva branco com a ajuda de Poppy, em seu quarto de infância.

"Além de linda", disse Poppy, com lágrimas nos olhos.

"Você parece bem", disse Billie, acenando para Poppy.

Quando a mãe de Kira pigarreou, Billie se espreguiçou e sorriu. "Claro que eu estava brincando. Você está linda", sua prima disse, uma pontada de orgulho em sua voz.

Kira riu. Ela nunca pensou que veria seus primos, sua mãe e Shelby todos juntos em seu antigo quarto enquanto se preparava para se casar. Porém, o dia havia chegado... Sua mãe insistiu em fazer parte do planejamento do casamento, o que realmente significava que ela fazia a maior parte. Kira estava bem com isso, ainda se acostumando a receber mais atenção de sua mãe, mas certamente agradecida.

"A maquiagem realmente destaca seus olhos", disse Shelby. "Muito bem, Poppy".

"Estou surpresa que ela tenha chegado a tempo. Ela está ocupada com seu novo chefe gostoso", disse Billie.

"Chefe gostoso? Há algo que você não nos contou?", Doris perguntou.

"Você não sabia? Ela está trabalhando como babá para um super sexy...".

"Chega, Billie", Poppy disse, acenando com as mãos como se estivesse cortando o ar – ou a garganta de Billie. "Não nos deixemos levar".

Kira sorriu por dentro. Billie nunca foi conhecida pela discrição, e Kira sabia que Poppy estava se apaixonando por seu chefe, mas não cabia a ela dizer nada. Especialmente porque, pelo que Poppy havia mencionado, seu chefe não parecia aberto à ideia de compromisso. Havia as crianças para pensar também.

"Vou ver se a cerimonialista precisa de alguma coisa", disse Shelby, então silenciosamente saiu da sala, fechando a porta atrás dela.

"Duvido. Essas pessoas parecem saber o que estão fazendo", disse Billie.

Kira concordou. Eles contrataram uma empresa de primeira linha que garantiu que a cerimônia e a recepção fossem sem estresse. Luc deu a ela a opção de fazer o casamento em um local muito mais exclusivo, mas ela insistiu no quintal de seus pais. Ela imaginou que nunca voltaria a morar no Texas, e essa era uma boa maneira de encerrar um capítulo de sua vida e começar oficialmente um novo.

Os próximos minutos foram um borrão, com sua mãe se atrapalhando com o vestido e suas primas provocando umas às outras. Era como se seu campo de visão não estivesse focado, uma mistura de excitação e nervos de noiva tomando conta dela.

Seu pai a encontrou no início do longo tapete cor de champanhe que rolava até o altar no meio do quintal. Ela pegou o braço dele no dela e apertou o buquê em sua mão, então caminhou com o que ela imaginava que seria o sorriso de uma mulher apaixonada.

No momento em que seu olhar encontrou o de Luc, seu coração ameaçou saltar de sua boca. Ela viu nos olhos dele o mesmo amor poderoso e intenso que ela sentia. Ela viu nele o homem com quem estaria pelo resto de sua vida. E talvez vida após a morte também. Ela não iria deixá-lo se livrar dela tão facilmente.

Quando seu pai cumprimentou Luc, ela respirou fundo. Os convidados, além da festa de casamento, sentaram-se. O pai de Luc, a quem ela agora chamava de Charles e não mais de Sr. Montague, não estava muito longe deles. Ele tinha sido bastante consistente ao tentar conhecer Luc melhor, e foi uma alegria ver o relacionamento deles desabrochando.

Luc quebrou o protocolo e beijou sua bochecha, seus lábios roçando sua carne e enviando deliciosos arrepios por sua espinha.

"Depois que isso acabar, encontre-me atrás da cerca. Como da última vez", ele sussurrou em seu ouvido, uma pontada de necessidade em sua voz.

Calor encheu suas bochechas, enquanto ela se lembrava de quando eles fizeram sexo durante a festa de aniversário de seus pais.

"Sim", disse ela. Afinal, quem era ela para quebrar a tradição?

RECONHECIMENTOS

Sou muito grata a Christine Glover, minha parceira crítica, editora e amiga que sempre me apoia e sempre ouve!

Obrigada a Patrício L. Guimarães por ter traduzido esse livro para o português e me ajudado com esse primeiro projeto! Que venham vários outros.

Eu amo que, embora Kira não tenha um bom relacionamento com sua irmã, ela conseguiu encontrar esse relacionamento de irmandade com suas primas. O empoderamento feminino é uma coisa maravilhosa, e sou grata por fazer parte de círculos de amigas nos quais me sinto acolhida, vista e ouvida. Espero estar fazendo um bom trabalho mostrando o mesmo respeito e amor que tenho recebido.

Obrigada aos meus leitores por sua presença em minha vida. Toda vez que você compra uma história, recomenda um dos meus livros, deixa um comentário, você está me ajudando a crescer como escritora. Você está me permitindo realizar meu sonho.

Kira e Luc, vocês dois têm meu coração. Vocês eram personagens incríveis, e eu já sinto sua falta!

SOBRE A AUTORA

A autora best-seller do USA TODAY, Carmen Falcone, já publicou quarenta e cinco livros em inglês, vários sucessos de crítica. Ela adora escrever romances contemporâneos quentes, com um toque de humor. As suas heroínas são irreverentes, inteligentes e cativantes. E os seus heróis... impossível resistir a eles.

Natural de João Pessoa, Paraíba, ela mudou-se para o Texas em 2003, onde conheceu o seu marido suíço introvertido — prova viva de que os opostos se atraem. Quando ela não está inserida no mundo do romance, gosta de passar tempo com seus dois filhos, passear com os cachorros, ler, trocar ideias e conversar com pessoas aleatórias na fila do caixa.

Além de escrever, ela edita profissionalmente romances de autores principiantes e veteranos na Bootcamp Edits, empresa que abriu com outra escritora.

Para acompanhar as novidades dela, participar de sorteios e ter acesso a conteúdo exclusivo, assine a sua newsletter. Ela nunca compartilhará suas informações e não enviará spans ao seu e-mail.

Para saber mais sobre Carmen, visite o website dela: http://www.carmenfalcone.com

www.ingramcontent.com/pod-product-compliance
Lightning Source LLC
Chambersburg PA
CBHW031456160726
47994CB00005B/2066